Steven Pennings

Dieses eine Leben hätte es auch getan

120 Jahre, gerade so!

© 2020 Steven Pennings
Autor: Steven Pennings
www.praxispennings.de
steven.pennings@interkult.de

Umschlaggestaltung, Illustration: Steven Pennings

Lektorat, Korrektorat: Gudrun Müller-Reiners

Verlag und Druck: tredition GmbH, Halenreie 40-44, 22359 Hamburg

ISBN:
Paperback: 978-3-347-19870-8
Hardcover: 978-3-347-19871-5
E-Book: 978-3-347-19872-2

Des Datenschutzes wegen nenne ich nur die Menschen, die nicht mehr unter uns sind, beim Namen.
Alle Aussagen und Bewertungen Personen betreffend, die in diesem Buch vorkommen, sind meiner persönlichen Wahrnehmung entsprungen und nicht bezogen auf objektive Fakten.

Danksagung
Besänftigung der Protagonisten

Ich danke all den Menschen, mit denen ich positive und negative Erfahrungen machte. Sie haben gewollt und ungewollt zu meinem Wachstum beigetragen. Darüber hinaus bin ich dankbar dafür, mit meinen früheren Frauen verheiratet gewesen zu sein, bei denen ich viel über Paarbeziehungen lernen konnte. Genauso danke ich meinen tollen Kindern dafür, wie sie mit mir als Vater zurechtkommen: „Typisch Papa!" Nicht zuletzt danke ich meiner jetzigen und letzten Frau dafür, dass sie mich liebt, ich sie lieben kann und vor allem mich geliebt fühle sowie dafür, dass ich bei ihr schon fünfundzwanzig Jahre lang meistens so sein kann, wie ich in gerade dem Moment gerade bin!

Inhaltsverzeichnis

Vorwort
Ein anderer Blickwinkel

Wenn Sie eine etwas mehr als zur Hälfte gefüllte Sprudelwasserflasche in die Mitte ihres Wohnzimmers stellen und drei Menschen im Abstand von ca. zwei Metern – einer stehend, einer sitzend und einer liegend – diese Flasche betrachten lassen, werden diese Menschen im Nachhinein (Vergangenheit) diese Flasche unterschiedlich beschreiben: mehr oder weniger Wasser gesehen; mehr oder weniger auf dem Etikett gelesen haben; unterschiedliche Farbwahrnehmung des Etiketts usw. Die Flasche selber hat sich jedoch nicht verändert! Unterschiedliche Perspektiven kreieren unterschiedliche Wahrheiten bzw. Wahrnehmungen. Im Alltag kommen noch erschwerend unterschiedliche Befindlichkeiten, Absichten und Personen hinzu.

Theoretisch kann Vergangenheit nicht geändert werden! Praktisch tun alle Menschen kulturübergreifend aber genau dieses immer wieder.

Auch ich gehöre dieser Gruppe an.

Personen, die in diesem Buch vorkommen, werden höchstwahrscheinlich mit mir zusammen je nach Perspektive eine andere Vergangenheit erlebt haben als ich und vielleicht mit der meinigen nicht einverstanden sein.

Und auch Sie, der Leser, werden sich Ihr eigenes Bild machen! Trotzdem hoffe ich, dass Sie mitgehen auf diese Reise über so viele Lebensjahre und dann vielleicht den Steven der Gegenwart erkennen können!

Kinderheimkind
Gottes Wege sind nicht meine Wege

Der Samstag meiner Geburt war wettertechnisch besonders schön, klarer Himmel, 22,2 °C. Genau fünf Minuten nach neun Uhr - ungewollt und mehrere Wochen zu früh - startete ich am 23. August 1952 meinen Aufenthalt in diesem Leben. Zu früh irgendwo zu erscheinen habe ich bis jetzt hartnäckig beibehalten. Meine Mutter dagegen war und ist bis jetzt nicht davon begeistert! Sie musste sogar meinetwegen meinen Vater heiraten. Dies hat wiederum meine Mutter hartnäckig beibehalten, meinetwegen etwas tun zu müssen! Die erste Woche hatte ich wenig mit ihr am Hut. Schließlich lag ich in einem Brutkasten und bekam von ihr nur die abgepumpte Milch ins Gesicht geführt. Außer dass mein Bruder ein Jahr und drei Monate minus 3 Tage später gewollt geboren wurde, habe ich aus dieser Zeit keine Erinnerungen. Sie kann jedoch nicht sehr gut gewesen sein, da meine Eltern sich scheiden ließen; und meinetwegen – ich war nicht zu ertragen – kamen wir, mein Bruder etwas später als ich, obwohl wir jüdisch waren in ein christliches Kinderheim.

Ohne Erklärung von Seiten meiner Mutter wurde wir ins Heim "Sei ein Segen" - was ich laut meiner Mutter ganz und gar nicht war - gebracht. Groß stand dieser Name an der Fassade des Hauses. Das war ja auch, wie sich später herausstellte, wirklich nur eine Fassade dieser Einrichtung. Erst drei Jahre alt war ich, als ich dieses Haus ganz unbefangen, da ich noch nicht lesen konnte, betrat. Wie sollte ich auch wissen, dass dieses Haus ein Kinderheim war und sich obendrein noch christlich nannte.

Schnell und schmerzlich genug fand ich heraus, was das hieß, christlich: Es hieß leiden und „jeder trage sein eigenes Kreuz".

Wir Kinder standen am Tisch entlang und beidseitig am Kopf des Tisches saßen die Erzieher. So wie es sich gehörte beteten wir: "Gott segne diese Speisen." Im Allgemeinen bestanden diese aus warmer Milch mit altem Brot. Eine dicke, satt machende Suppe, für die mir sogar das Wort "scheußlich" nicht passend erscheint. Sie war einfach zum Kotzen, was ich auch oft tat.

Vorstellen müssen Sie sich einen Tisch für erwachsene Leute, an dem Kinder zwischen zwei und sechs Jahren alt aufgereiht stehen. Ich konnte gerade mit meinem Kopf über den Tisch schauen. Das Erbrechen passierte, logischerweise, unter dem Tisch. Auch wenn die Erzieher es nicht merkten, Gott und die anderen Kinder sahen alles. „Igitt, der hat unter den Tisch gekotzt", und bevor ich mich wehren konnte, saß ich im Brikettschrank unter der Treppe. Schwarz, dunkel und dreckig war es dort. Vor allem hatte ich Angst, obwohl Gott laut den Schwestern bei mir war. Oder vielleicht gerade deswegen. Vor lauter Angst pinkelte ich in die Hose. Er, Gott, sah es und sagte: „Du Schmutzfink". Ich spürte schon seine Schläge und bekam sie später von den Schwestern. Zur Strafe musste ich dann oft noch eine Stunde länger im Schrank bleiben.

Ich sollte unbedingt doch zu dem lieben Gott auf meinen nackten Knien beten, dass er einen artigen Jungen aus mir macht. Jeden Tag, bevor ich ins Bett ging, tat ich dies. Es hat mir nichts gebracht, Gott sei Dank.

Die Kirche des Heimes, wo wir natürlich jeden Sonntag verweilten, war ein Teil eines Klosters, das schräg gegenüber dem Wohnhaus stand. Schräg im wahrsten Sinne des Wortes, denn der Weg dorthin war für uns ein Bußeweg. Wir kleinen Sünder mussten ihn, der für uns unendlich lang erschien, in Stille gehen.

Mit gesenktem Haupt Demut zeigen und uns während dieses Ganges offen machen für die Liebe Jesu.

Manchmal klappte das nicht so. Vor allem, wenn wir Lachkrämpfe bekamen und daraufhin ziemlich "tatkräftig" die Liebe Jesu spürten. So wurde der Gott, den ich kennenlernte, ein böser, rächender und nur selten auch liebender Gott. Liebend wurde er an dem Tag, als meine Mutter uns - meinen Bruder und mich - aus diesem Kinderheim holte und nach ein paar Monaten Zwischenstopp zu Hause "meinetwegen" zu einem anderen Kinderheim brachte. "Sei ein Segen" wurde kaum ein Jahr später aufgrund von Missständen geschlossen. Es wurde ein Heim für alte Menschen und vielleicht sogar ein Segen. Heute befindet sich an dieser Stelle eine Autobahn. Ich hätte mir gewünscht, dass man früher auf die Idee gekommen wäre, das Ding platt zu fahren.

Das zweite Heim war eine jüdische Einrichtung, wurde aber nicht wegen unserer jüdischen Wurzeln gewählt, sondern vielmehr, weil es das beste Kinderheim weit und breit war. Es lag ca. 3o Kilometer von Amsterdam entfernt, unmittelbar an einem Friedhof. Heute steht die "Bergstiftung", wie es sich nennt, in Amsterdam.

An einem Montag, ich war gerade sechs Jahre alt, wurden wir zu diesem Heim gebracht. Unsere gottlose Zeit - die Zeit, in der Gott uns nicht aufgezwungen wurde - dauerte genau bis zum Abendessen dieses Tages.

Als der Tisch gedeckt wurde und ich, wie es sich so gehörte, mithalf, machte ich den unverzeihlichen Fehler, Frühstücksteller (Milchservice) anstatt großer Teller (Fleischservice) auf den Tisch zu stellen.

Es wurde mir erklärt, warum dies falsch war: Alle Services und alles Weitere, was damit zusammenhängt, sogar Tischdecke, Spültücher und Spüle, dürfen nur für entweder Fleisch- oder Milchmahlzeiten benutzt werden. Bei Verwechslung werden sie unrein und dürfen gar nicht mehr gebraucht werden.

Verstanden habe ich das damals nicht, nur "Ja" gemurmelt. Schließlich war ich schon heilfroh, keine gelangt zu bekommen. Als Strafe musste ich die Teller im Mülleimer kaputtschmeißen. Das war mal eine "Strafe"! Ich habe mich noch des Öfteren vertan, bis der Gegenwert letztendlich vom Taschengeld abgehalten wurde.

Vor und nach jedem Essen wurde gebetet. Am Anfang fand ich das noch schlimmer als bei den Christen. Später, als ich mehr vom Hebräischen und den Hintergründen verstand, konnte ich etwas besser damit umgehen. Der Alltag, vom Beten beim Essen abgesehen, war in diesem Heim kaum durch Gott bzw. alles, was mit der Religion zusammenhängt, beeinflusst.

Bei der ersten Dämmerung am Freitag kam Gott hereinspaziert, vertreten durch seinen Rabbi (Rabbiner). Meine Unbekümmertheit war wie weggeblasen. Er kam wie der Wind und säte Sturm in mir: Erinnerungen an Schwestern gleich Gott, Recht und Ordnung waren, weil sie immer mit Strafe verbunden gewesen waren, noch sehr spürbar. Ich fürchtete mich! Er sagte aber: „Ich heiße Jichal, wie heißt du?"

Wahrscheinlich merkte er, dass ich Angst hatte, und sagte: „Nun ja, wenn du willst, kannst du es mir später erzählen", machte die Kerzen an und brach das Brot, das schon fertig auf dem Tisch stand, sprach ein Gebet in Hebräisch und gab jedem ein Stück davon.

Dann nahm er das Salz, sprach noch ein Gebet, streute etwas davon auf sein Stück Brot und gab es weiter.

Als letztes nahm er den Wein, sprach wiederum ein Gebet, trank mehrere Züge davon und sagte mich anschauend, der sei besser als letzte Woche und reichte mir den Becher. „Komm, lass es dir schmecken, und wenn du fertig bist, reiche ihn weiter." Obwohl meine Angst noch nicht ganz verschwunden war, fühlte ich mich erheblich wohler als vorher. Vielleicht kam das durch seine Anwesenheit, vielleicht aber auch durch den Wein. Ansatzweise konnte ich, zum ersten Mal in meinem Leben, Gott mit einem Gefühl von Wohlbefinden verbinden. Abends wurden Geschichten aus der Thora — ähnlich wie das Alte Testament — erzählt, die ich zwar nicht verstand, die aber sehr spannend waren. Es wurde freitags abends für unsere Verhältnisse ziemlich spät. Toll war, dass wir vor dem Schlafengehen nicht zu beten brauchten, das scheint wohl nur zum Christentum zu gehören.

Samstags morgens trafen alle aus dem Heim sich in der Sjul — „Schule" oder für Sie, die dies lesen, auch wenn das nicht ganz genau stimmt „Synagoge". Die Sjul war und ist tatsächlich eine Schule, weil dort nicht nur Gottesdienst gefeiert, sondern auch Unterricht gegeben wird. Übrigens stammt das deutsche Wort Schule vom hebräischen Sjul ab. Wenn Herr Hitler das gewusst hätte...? Ich weiß, Klugscheißer!

Komisch sah es dort schon aus, die Männer und Jungen auf der einen und die Frauen und Mädchen auf der anderen Seite der Sjul.

Stillschweigend saßen die Frauen dort, während die Männer hin- und herwiegend, wehklagend und vor sich hin murmelnd einen riesigen Lärm machten. Nur wenn der Chasan — der Vorsänger, meistens der Rabbi — sang, durften alle mit- bzw. nachsingen.

Trotz dieser Trennung und obwohl ich die Sprache nicht verstand, empfand ich hier mehr Gemeinsamkeit als je zuvor in einer Kirche. Vielleicht, weil nicht nur der Rabbi der Mittelpunkt war und jeder, wenn er ein Mann war, etwas sagen konnte und sich auch zutraute, etwas zu sagen.

Leider aber schlich sich, u. a. durch die Trennung von Männern und Frauen, unwillkürlich ein Bild bei mir ein, dass Männer mehr wert sind als Frauen.

Beim Einbrechen der Dunkelheit war der Sabbat zu Ende, das normale Leben setzte wieder ein.

Der Sonntag war ein richtiger freier Tag. Wir konnten fast tun und lassen, was wir wollten. Das war wie ein Aufwachen aus einem Alptraum, eine Ahnung, was es heißen kann, frei zu sein. Die erste Zeit im Heim war ziemlich unbekümmert. Ich genoss es dann auch in vollen Zügen, ausprobieren zu können, wo die Grenzen meiner Freiheit lagen. Nur allzu schnell und nicht unbedingt negativ fand ich sie heraus, vor allem während des Sabbat. Sabbat bedeutete, vieles zu unterlassen, um Gott zu ehren: nicht fernsehen, kein Licht anmachen, nicht Fahrrad fahren, kein Geld ausgeben (d. h. nichts kaufen), nicht im Garten arbeiten. Alles, was nur nach Arbeit roch, war verboten. Das ging sogar so weit, dass an manchen Festtagen, wie sie oft zu Unrecht genannt werden, nichts in den Hosentaschen getragen werden durfte.

Wenn eines dieser Verbote übergangen wurde, wurde keine Strafe
auferlegt, auch keine körperliche Züchtigung, sondern es wurde erklärt, warum diese Verbote notwendig seien.

Dieses ständige Hören des Warum - den moralischen Zeigefinger - empfand ich manchmal trotzdem als Strafe, ganz zu schweigen davon, dass auf diese Art und Weise vieles unbemerkt ins Gehirn eingetrichtert wird.

Der, der am meisten diesen Zeigefinger abbekam hieß Jichal wie der Rabbi – auch er verweilt nicht mehr unter uns; er war in meinem Alter und in der gleichen Gruppe. Weil seine Mutter dies wollte, gehörte er der Gruppe der orthodoxen Juden an und emigrierte mit dreizehn wieder nach Israel zurück.
1973 starb er als Soldat im Jom-Kippur-Krieg, der von Ägypten, Syrien und weiteren arabischen Staaten gegen Israel geführt wurde.

Ende der fünfziger Jahre verfolgte dieses Heim - soweit ich weiß – als erstes weltweit eine Pädagogik, die nur Gruppen bis maximal zwölf Kinder zuließ. Im Anfang gab es dort wie überall noch Schlafsäle für Jungen und Mädchen. Wenige Zeit nach meiner Ankunft wurde dies jedoch verändert und alle Kinder bezogen Ein- oder Zweibettzimmer. Jichal und ich bekamen einen ziemlich großen Raum. Ein Viertel dieses Zimmers wurde durch eine Mauer von dem Rest abgetrennt. Die Öffnung war türbreit und oberhalb gab es ein Fenster mit Sicht in den anderen Teil. Mein Reich! Außer einem kleinen Schreibtisch gehörte der Rest Jichal. Dieses Fenster war ein Segen für meinen Status: Irgendwann hatte ich einen gebrauchten Diaprojektor ergattert, mit dem man kleine Bildgeschichte auf der Wand sichtbar machen konnte.

Regelmäßig lud ich mit Jichals Zustimmung Kinder zum Geschichte gucken und hören ein – ich war der Vorführer und Erzähler.

Ein Erzieher hatte unsere Wände mit Bildern der Flintstones – Fred, Wilma, Barney, Betty, Pebbles usw. – bemalt und wir hatten Vorhänge und alles, was man in einem Kinderkino eben so braucht, angebracht. Der wenigen Sitzplätze wegen (nur zwei Stühle und ein Bett - mein Bett stand im Projektorraum) mussten die meisten stehen.
Über Monate hinweg voller Saal im Kino SteJi!

Jichal litt an Hospitalismus (*das Auftreten von psychischen oder physischen Schädigungen besonders bei Kindern, die durch die Besonderheiten (z. B. mangelnde Zuwendung) eines längeren Heimaufenthalts o. Ä. bedingt sind*).
Bei ihm zeigte sich dies jede Nacht ziemlich laut! Er schlug im Schlaf sitzend mit seinem Kopf gegen die Wand und zwar so lange, bis ich davon wach wurde und ihm ein Kissen dazwischen legte, damit ich wieder einschlafen konnte. Seitdem hatte er morgens weniger Kopfschmerzen!

Zwei- bis dreimal in der Woche war in der Sjul Unterricht angesagt. Nach anfänglichen Schwierigkeiten, dort auch zu erscheinen - meine Interessen lagen oft mehr außerhalb des Heimes - ging ich ziemlich gerne hin. Meine Beziehung zu Jichal, unserem Rabbi, wurde immer enger. Vielleicht lag das mit daran, dass ich in seine Tochter verliebt war. Nun ja, wie dem auch sei, der Unterricht wurde mir immer wichtiger. Jichal konnte, wie kaum ein anderer, so fesselnd erzählen, dass ich oft glaubte, ein Teil der Geschichte zu sein. Überdies aber gab er mir Selbstvertrauen. Ich durfte alles sagen und fragen, was in mir aufkam.

Entweder bekam ich gleich eine Antwort oder er sagte, dass er noch nicht darüber nachgedacht habe und mir später Antwort geben würde, was er tatsächlich manchmal viel später dann auch tat.

Er lehrte mich, dass ein Narr mehr fragen kann als tausend Weise — Rabbiner — beantworten können. „Indem du fragst, kommst du zum Wissen" war sein Slogan, den ich mein ganzes Leben beibehalten habe. „Wenn du Jahve fragst, bekommst du Antwort, dein und mein Mund sind auch sein Sprachrohr." Aus Jichals Mund klang dies sehr wahrhaft, nachvollziehen konnte ich es damals aber noch nicht.

Ich lernte Hebräisch und die Thora in- und auswendig kennen und verstehen, einmal angenommen, dass dieses Verstehen überhaupt möglich ist.
Jahre später durfte ich dann den Talmud - ein Buch, so alt wie die Bibel oder vielleicht sogar älter, welches noch immer weitergeschrieben wird - studieren.
Komischerweise lernte ich in dieser Zeit des Lernens nicht Jahve- Gott, der Wind- kennen, sondern ein kleines Stückchen von mir selbst und das war unheimlich!
Ich konzentrierte mich lieber auf andere Menschen statt auf mich selber.
Von einem Frager wurde ich zum Antwortgeber. Mit meinem Wissen konnte ich Menschen offensichtlich aus meinem Gefühlsleben heraushalten und damit auch einen großen Teil meiner Gefühle vor mir selber verbergen. Ich las, las und las. Reine Ersatzbefriedigung, weiß ich jetzt. Für Vater, Mutter, Gott, Liebe?? Ich wurde immer schwerer zugänglich für andere Leute.

Sogar für Jichal! Nur manchmal kam, in seiner Nähe, das alte, mir schon fast fremd gewordene Gefühl von Vertrautheit auf. Während dieser Momente traute ich mich ein wenig, wieder zu fragen.

Gott zu ehren bestand, Jahve sei Dank, nicht nur aus Verboten. Es gab viele Festtage, an denen echt und ausgiebig gefeiert wurde und der Gottesdienst ein Fest war. Es wurde getanzt und frohe Lieder wurden gesungen. Manchmal kamen wir sogar verkleidet, wie beim Karneval, in die Sjul.
Der Sabbat und die Festtage hatten auch schulische Vorteile für uns. Am Freitag müssten wir ja vor Einbruch der Dunkelheit zu Hause sein. In Holland gibt es nur Ganztagsschulen.
Im Winter, da es dann bekanntlich früher dunkel wird als während der anderen Jahreszeiten, hatten wir deswegen schon um 15.00 Uhr schulfrei.
Leider machte das bei manchen Mitschülern böses Blut, was sich dann äußerte in Schimpfereien wie: „Scheiß-Jude, Juden sind Ausbeuter, Juden sind...!"

Natürlich tat das weh, und um so weher vielleicht, weil ich meine Verletztsein, um nicht noch mehr verletzt zu werden - ein Mann darf nicht weinen - nicht zeigen konnte. Glücklicherweise waren die meisten Mitschüler aber nicht eifersüchtig und die Freude am Schulfrei behielt die Oberhand.
Schmerzhafter für uns war das alltägliche Verhauenwerden - nur weil wir Juden und auch noch vom Kinderheim waren - auf dem Weg zur Schule und zurück durch Schüler der ortsansässigen katholischen Schule. Regelmäßig wurde mein Tretroller konfisziert und ich verspätete mich dementsprechend häufig - entgegen meiner Gewohnheit.

Erst zum zehnten Lebensjahr bekamen wir vom Heim ein Fahrrad. Bis dahin mussten wir mit einem stabilen Tretroller mit Gummireifen zur Schule fahren, auch im Winter mit kurzer Hose, Kniestrümpfen und roten Knien. Was nicht tötet...!

Ich konnte nicht bis zu meinem Zehnten warten! Hin und wieder lieh ich mir ohne zu fragen ein Fahrrad, einmal von einem der Mädchen und fuhr damit zur Schule. Genau vor dem Haus unseres Hausarztes brach das Gummi des rechten Pedals und ich flog auf die Straße, genau vor das Vorderrad eines Lastwagens, der glücklicherweise rechtzeitig bremste und somit nicht über meinem Kopf fuhr. "Unkraut vergeht noch immer nicht!" Blutend wurde ich ins Behandlungszimmer des Arztes getragen, der lapidar feststellte: „Das hat dich einen Vorderzahn gekostet."
Es hat Jahre, massenhaft Klammern und viele Schmerzen gebraucht, bis nur noch ein Vorderzahn ohne Lücke zu sehen war. Seitdem hatte ich einen heiligen Respekt oder genauer gesagt eine Scheißangst vor Zahnärzten!
Die Schule ging von 7.45 Uhr bis 12.15 Uhr und von 13.45 Uhr bis 16.15 Uhr. Die Mittagspause mussten wir im Heim verbringen; deswegen fuhr ich viermal täglich fünf Kilometer hin und zurück.
Fit wie einen Turnschuh!

Das Schlimmste in der Schule selbst war erstens:
Der Vater meiner zweiten Liebe! Er war einer der Lehrer unter anderem für Erdkunde. Während des Unterrichts lief er mit seinem Zeigestock auf jedes Pult tickend durch die Klasse. Wehe, du hattest deine linke Hand auf dem Pult, auweh! Zu Anfang hatten wir - vielleicht kennen Sie das noch - Pulte mit Bank in einem Möbelstück für immer zwei Kinder.

Der Deckel stand schräg und konnte aufgeklappt werden. Innerhalb lagen die benötigten Hefte und rechts auf dem feststehenden Tischteil gab es ein eingebautes Tintengefäß. Später wurden modernere Schulmöbel angeschafft. Zum Zeitpunkt meiner folgenden Erinnerung hatten wir gerade das neue Mobiliar bekommen; jeder hatte jetzt seinen eigenen Stuhl und sein eigenes Tischchen.

Als der Lehrer an mir vorbeigehend mit seinem Stock tickend mich erwischte stand ich wütend auf, nahm mein Stühlchen und schlug mit diesem auf seinen Rücken. Stinkwütend, aber zu meiner Verwunderung ohne mich zu schlagen verwies er mich der Klasse; ich sollte meine Untat beim "Haupt der Schule" - wie die Rektoren früher hießen - beichten. Der blieb ganz gelassen! Sagte mir, dass das Ganze natürlich nicht in Ordnung sei und er mit dem Lehrer reden würde. Ich sollte Bücher in den höheren Klassen verteilen und bekam dafür ein "Dubbeltje" (10 Cent). Anscheinend hat der Lehrer die Leviten gelesen bekommen, er lief jedenfalls nicht mehr "tickend" herum.
Seine Tochter jedoch durfte nicht mehr mit mir verkehren! Fünfzig Jahre später, als ich sie bei einem Wiedersehenstreffen in der Schule traf, haben wir dies beide bedauert!

Und zweitens:
Der mehr oder weniger freiwillige (denn wir sollten ja nicht noch mehr auffallen) christliche Religionsunterricht! Hier bekamen wir zu hören, wie schlimm unser Judengott doch gewesen war und wie gut er seit dem neuen und vor allem ewigen Bund sei. Mich machten diese Worte innerlich noch mehr zweifeln, äußerlich aber kämpfte ich wie ein wildes Tier für meinen Glauben.

Der Religionsunterricht wurde ein Wettkampf zwischen mir und dem Lehrer. Alttestamentarisch gewann meistens ich, neutestamentarisch immer er.

Was blieb mir anderes übrig, ich musste mich mit dem Neuen Testament auseinandersetzen, was ich dann auch tat. Ich las, las und las, und wiederum vergaß ich zu fragen. „Besserwisser" wurde mein Lesezeichen, mein Markenzeichen.

Ich wurde der Wissende; der keine Gefühle Zeigende; der über allem Stehende und ich hatte noch ein As im Ärmel: Ich war ein sehr guter Turner und brachte viele Pokale ins "Heim". Ich durfte sogar - und das schreibe ich nicht ohne Stolz - in langer Turnhose (kleine Kinder trugen immer kurze Hosen) an der niederländischen Meisterschaft teilnehmen und wurde fünfter! Dies erhöhte meinen Wert im Kinderheim unübertrefflich und ich wurde noch unnahbarer!

Der zweite wichtige Mann in meinem Kinderheimleben war nach dem Rabbiner Jichal Ome (Onkel) Leo und ein bisschen kam dazu auch noch seine Frau Tante Riek. Ome Leo war der Chef der JOKUS, der größten jüdischen Organisation in den Niederlanden und Trägerin des Kinderheims. Mehrmals im Jahr machte er dem Haus Bergstiftung seine Aufwartung.

Er war ein schachbegeisterter Mensch und das wurde ich durch ihn und mit ihm auch. Während des Schachs redete er mit mir über sich und bekundete sein Interesse für mich, indem er mich nach meiner Meinung fragte.

Über spielen und miteinander reden entstand eine Vertrauensbasis, die es mir ermöglichte, meine Verletzlichkeit mehr zu zeigen.

Unter anderem erzählte ich ihm von meiner Zukunftsvision, selber als Sozialpädagoge im Heim zu arbeiten. Er reagierte völlig anders darauf als eine von mir "geliebte" Erzieherin, die diesen Gedanken mit Unverständnis und Abwertung („Das ist kein Job für dich!") abgetan hatte. Er sagte: „Weißt du, es kommt ein Zeitpunkt in deinem Leben, an dem du auf diese Episode zurückschauen und deine eigene Geschichte genau so empfinden wirst, als wäre es die Geschichte eines Anderen. Dann ist für dich die Zeit reif, in diesen Beruf einzutreten."

Genau so war es! Als junger Mann besuchte ich öfter die Bergstiftung in Amsterdam und durfte alle Akten, die über mich angelegt waren - es waren viele - lesen. Aus der Sicht der Erzieher war ich ein problematisches Kind, jähzornig und verschlossen. Das Jähzornige konnte ich nicht nachvollziehen. In meiner Wahrnehmung des Geschehens wusste ich immer, was ich tat, nur die Erzieher waren mit meinen Methoden nicht einverstanden. Als ich selber Erzieher war, das muss ich eingestehen, dachte ich auch: „Hoffentlich bekommst du nicht so ein Kind in deine Gruppe". Später hatte ich nach Aktenlage mehrere Kinder dieses Kalibers in meiner Kinderheimgruppe, habe jedoch immer noch eine andere Perspektive einnehmen können und bin ihnen mit einer differenzierteren Haltung begegnet.

Meine Bar Mizwa - mit dreizehn Jahren wird ein Junge und mit zwölf Jahren ein Mädchen als erwachsener Mann bzw. erwachsene Frau in die jüdische Gemeinde aufgenommen - habe ich noch im Kinderheim gefeiert, obwohl ich zu diesem Zeitpunkt schon wieder bei meiner Mutter zu Hause war.

Bar Mizwa ist ein sehr großes Ereignis, welches auch dementsprechend gefeiert wird, annähernd vergleichbar mit der Firmung oder der Konfirmation. Wie dem auch sei, für mich war es ein Tag wie kein anderer. Jetzt musste ich vor der gesamten Gemeinde beweisen, so empfand ich das damals, dass ich aus der Tora lesen konnte und somit auch in der Lage war, einen Gottesdienst zu leiten. Was natürlich nur den Männern gestattet war!

Das Lesen der Textzeilen in der Tora darf nicht mit dem Finger unterstützt und dadurch verunreinigt werden, sondern muss mit einer kleinen silbernen Hand - "Jad" (hebr.: יד) - mit einem ausgestreckten Zeigefinger geschehen.

Ohne diese ist das Lesen und Deuten der Sätze fast unmöglich, die Wörter bestehen nur aus Konsonanten, die Vokale aus Strichen und Punkten, die man wissen bzw. anwenden lernen muss. Bei meiner Bar Mizwa war der "Jad" unauffindbar, wahrscheinlich geklaut. "Gejat" sagen die Holländer, vom hebräischen Jad abgeleitet (Alltagsrassismus!). Es dauerte eine Weile, bevor ein Ersatz gefunden wurde. Verspätet, aber dafür mit einem "guten Händchen" fing meine Siegestour an.

Nach dem Gottesdienst wurde ich von Seiten des Heimes und Ome Leo überhäuft mit Geschenken. Seins ist mir in Erinnerung geblieben: Es war ein Baum bzw. die Besitzurkunde eines Baumes. Der Baum steht in Israel und war Teil der Kampagne, das Land fruchtbar zu machen. Vielleicht besuche ich ihn, den Baum, eines Tages. Der Abschluss dieses besonderen Tages war ein tolles Essen, angerichtet mit vielen Speisen, vielen Getränken, ein bisschen Abschiedstrauer und etwas Freude auf das, was noch kommen konnte.

Da meine Mutter zwar jüdisch, jedoch religionslos ist, brauchte ich nach dem Verlassen des Heims nicht zu beten und nicht zur Sjul oder zur Kirche zu gehen. Das war das einzige Positive: Ständig hatte ich Streit mit meiner Mutter; nichts, was ich machte oder auch eben nicht machte, war in Ordnung. Andersherum, also auf sie bezogen, empfand ich dies ebenso.

Erst als Erwachsener habe ich begriffen, dass dies nicht meinetwegen so war, sondern die Ursache für die Problematik in Erlebnissen lag, die meine Mutter während der Nazizeit gemacht hatte. Gut für mich war es trotzdem nicht.

Meine Mutter war zu der damaligen Zeit zwischen sechs und elf Jahre alt und musste erleben, wie ihre Eltern alle Besitztümer - auch ihr rotes Fahrrädchen, auf dem unerklärlicherweise dann der Nachbarsjunge fuhr – verkaufen mussten.
Das Geld ermöglichte es, die sogenannte "Untertauchmiete" zu zahlen, was natürlich öffentlich nach dem Krieg nie so benannt wurde. Leider waren nicht alle "Helfer" Helden!
Nach mehreren Untertauchstationen, von denen die vorletzte das letzte Mal war, dass meine Mutter ihre eigene Mutter lebend sah, wurde sie in eine Familie gebracht, bei der sie länger bleiben konnte. Ein Jahr dauerte dieser Aufenthalt.
Tagsüber saß sie dort in einem Schrank mit ca. zwei Quadratmetern Platz und nachts machte sie für die Familie den Haushalt, quasi als Bezahlung! In der Zwischenzeit wurde ihr Vater im Rahmen seiner Tätigkeit als Untergrundkämpfer erschossen.

Dies alles mündete bei ihr in der unbewussten Angst: „Wenn ich eine tiefere Beziehung eingehe, sterben diese Menschen". Somit konnte sie später keine intime Beziehung eingehen bzw. halten.

Meine Mutter kann kaum mit mehr als einem Menschen Beziehung haben und sorgt deswegen immer mittels Streit dafür, dass sich Menschen von ihr abwenden; wenn das nicht klappt, schmeißt sie sie selbst aus dem Haus! Ich selbst habe dieses "Abwenden" einundzwanzig Jahre lang gelebt, bis ich mit vierzig meine Kindheit abschließen wollte.

Krankenhauskind
Dem Tod von der Schüppe gesprungen

Ich erkrankte genau an meinem 12. Geburtstag lebensgefährlich an einer Knochenmarkentzündung. Vielleicht war das sogar mein erster Versuch, mich "abzuwenden"?! Die Ärzte hatten mich schon abgeschrieben und meine Mutter auf das "Schlimmste" vorbereitet, aber „Unkraut vergeht nicht".
Etwas mehr als ein Jahr habe ich gebraucht, um aus dem Uni-Krankenhaus entlassen zu werden. Knochenmarkentzündung ist - wie kann es bei mir auch anders sein - eine besondere Krankheit; sie kommt einmal unter zig Millionen Menschen in zig Jahren vor und wird, weil so wenig Menschen daran erkranken, nicht erforscht. Zur damaligen Zeit war der Mensch, der am längsten damit gelebt hatte, dreißig Jahre alt geworden. Das war auch die Prognose für mein Leben, aber ich nahm mir vor, 120 Jahre alt zu werden. Zurzeit habe ich also noch etwas weniger als die Hälfte meines Lebens vor mir.

Aus Gründen der Einzigartigkeit wurde ich ein paar Wochen nach der Operation in den Hörsaal der Klinik gefahren und als exotisches Wesen den Studenten vorgestellt, die mir diesbezüglich Fragen stellen wollten. Worauf ich dann sagte, dass ich erst antworten würde, wenn mein Hut herumgegangen sei (hieß: „Erst wenn ihr bezahlt habt, sage ich was dazu!") ... mit dem Thema Frechsein hatte meine Mutter nicht ganz unrecht!
In dieser Zeit musste ich, nachdem ich Monate gelegen hatte, von neuem laufen lernen und erst nachdem ich, weil ich das nicht glauben konnte, auf die Schnauze gefallen war, war ich dazu bereit.

Da ich wegen meiner besonderen Krankheit auf der Männerstation lag, wurde es bald sehr langweilig für mich.

Ich fing an, das Krankenhaus zu erkunden und machte bald die Erfahrung, dass die Labore und der Keller, wo Studenten die menschliche Anatomie an Leichen sezieren lernten, für mich die spannendsten Orte waren. Immer wieder wurde mir verboten, mich dort aufzuhalten. Das war aber vergebene Mühe und bald wurde meine Anwesenheit Alltag. Einige Monate später war ich so in die Studentengruppe integriert, dass sogar der Professor, wenn eine der Fragen, die er stellte, nicht beantwortet wurde, sagte: „Dann fragen wir mal den Kleinen"; und ziemlich oft konnte ich tatsächlich die Frage beantworten. Mein positives Selbstwertgefühl wuchs und wuchs, leider meine Unnahbarkeit auch!

Wieder zuhause angekommen war wie nicht weggewesen: Der gleiche Streit – der gleiche Steven.

Mein leiblicher Bruder - meine drei Halbgeschwister und meine Stiefschwester werden in diesem Buch kaum auftreten – war ein hinterhältiger „fieser Möpp" und ich war blöd.

In vielen Städten jedenfalls in den Niederlanden gab es damals "Straßengangs", logischerweise in unserer Straße auch. Wer diese "Gang" führte hing davon ab, wer am stärksten und listigsten war. Manchmal war das der Nachbarsjunge, manchmal ich. Je nachdem, wer den jeweiligen Kampf gewann.

Seit unserem Kinderheimaufenthalt war ich daran gewöhnt, immer nachdem unsere Mutter uns einmal pro Monat besucht hatte oder wir einmal pro zwei Monaten das Wochenende zuhause verbracht hatten, für meinen Bruder zu sorgen. Er litt an einem "krankhaften Heimweh".

Den ersten Tag danach weinte er und aß nur, wenn ich bei ihm war! Ich konnte nicht ertragen, dass jemand ihm weh tat!

Dieses Verhalten missbrauchte mein Bruder, indem er Streit mit dem Nachbarsjungen anfing, bis er geschlagen wurde und ich eingriff. Dann klingelte er bei unserer Mutter und rief „Er prügelt sich wieder!", woraufhin meine Mutter vom dritten Stock auf die Straße spurtete, mir eine Ohrfeige gab und mich mit nach oben schleifte, wo ich irgendeine Strafe bekam. Bevor ich dieses Spiel durchschaute, gingen viele Schläge auf mich nieder! Wie ich schon sagte, ein „fieser Möpp".

Nach einiger Zeit fing ich wieder exzessiv zu lesen an. Ich konnte es eben nicht lassen. Ich las fast alles, was ich in die Hände bekam, nur nicht das, was ich für die Schule lesen sollte!

Ich war auf dem gleichen Montessori Gymnasium, an dem meine Mutter auch gewesen war - ihretwegen!

Zur Anfangszeit habe ich mich nicht dagegen gewehrt. Ich wusste zwar, dass ich dies nicht wollte, wusste jedoch nicht, was dann stattdessen! Abgesehen davon hatte ich durch meinen Krankenhausaufenthalt vieles nicht mitbekommen und hinkte schulisch weit hinterher, was meine Mutter meiner Dummheit zuschrieb.

Einige Zeit später fand ich heraus, wie ich zwei Fliegen auf einen Streich schlagen konnte: Ich wollte zur Seefahrtschule! Weg von zuhause und trotzdem - weil noch schulpflichtig - zur Schule. Natürlich stimmte meine Mutter zu – eine Last weniger für sie.

Seefahrerkind
Dem Meer entsprungen

Der Pollux – so hieß dieses Schulschiff, das jetzt meines war – liegt zurzeit als Restaurant renoviert und ohne Kiel im Amsterdamer Hafen. Schauen Sie es sich mal an, wenn Sie zufälligerweise dort vorbeikommen!
Dieses Schiff gehört der Kategorie der Schoner an und ist eine Barke mit drei Masten. Der Mittelmast ist 42,5 Meter hoch und wurde für Übungszwecke am meisten benutzt.
Der Steven - gerade noch keine fünfzehn Jahre alt, klein und dünn; wenn man mich ins Licht gehalten hätte, hätte man meine Wassermarke sehen können (Niederländische Redewendung) - musste nun lernen, sich unter achtzig pubertierenden Jungen zu behaupten. Keiner traute sich im Anfang, am Ende der obersten Ra des Mittelmastes zu stehen. Sie kennen Steven inzwischen...!
Tag und Nacht musste am Steuer -und Backbord jemand Wache halten. Die Wache um drei Uhr morgens (Plattfüße-Wache) war am schlimmsten, vor allem im Winter. Damals 1967 hatten wir noch Winter mit minus 15° C, arschkalt. Unser Steuermann in seiner Funktion als Dienstaufsicht der Wache war ein Oberarschloch. Nie schlief er. Sobald wir uns unterdecks aufwärmten, stand er da und brummte uns mindestens noch eine oder zwei Stunden Wachdienst mehr auf. Er war eben ein Arschloch! Es gab drei Lerngruppen, die Seelchen (jung und unverdorben), die Mittelgruppe und die Bären. Meine Rache für die extra Wachdienste und noch einiges schlimmeres führte ich in der Bärengruppe aus. Die Bären waren die Aufseher, die Bestimmer bei der Schiffsarbeit, die eigentliche Arbeit mussten die anderen machen.

Jeden Samstag, wenn wir im Hafen lagen, musste das Schiff sauber gemacht werden, bevor wir außer dem Wachdienst an Land durften. Damit wir alle früher von Bord gehen konnten, war meiner Meinung nach die Zusammenarbeit die wichtigste Voraussetzung, was ich auch tatkräftig zur Schau stellte. Leider war ich irgendwann noch als einziger dabei, die letzten Wasserreste aufzuwischen, als das "Arschloch" im Türrahmen stand und brüllte: „Bären arbeiten nicht und du läufst das ganze Wochenende Wache". Daraufhin – die Geschichte wiederholt sich diesmal ohne Stühlchen – schmiss ich ihm das dreckige Wasser aus dem Eimer mitten ins Gesicht. Es war zum Totlachen, was jedoch keiner wagte. Die Gesichter der anderen wurden immer roter, aber nur ich Blöder lachte laut. Dies kam mich teuer zu stehen: Außer dem Wachdienst stand am Ende für Fleiß und Benehmen statt einer 8 (bei uns ist 10 die beste und 1 die schlechteste Note) eine 4 auf meinem Zeugnis. Trotzdem, das war es wert!

Zurück zu "mich behaupten": Turnusmäßig mussten alle Matrosen in der Kombüse (Küche) dem Hofmeister (Koch) helfen. Niemand wollte dies freiwillig tun! Der Dumme musste zwei Stunden vor den Anderen aufstehen, um beispielsweise Brot für achtzig Leute zu schneiden. Ich wollte gerne der Dumme sein. Wegen dieses Jobs nämlich wurde ich nicht mehr für den Wachdienst eingeteilt und war somit das Arschloch, jedenfalls diesbezüglich, los.

Der Bootsmann und die Steuermänner tranken außerdem dreimal pro Tag ihren Kaffee in der Kombüse und redeten miteinander und ich bekam alles mit! Ich wusste somit, was sie (der Bootsmann und die Steuermänner) abends taten. Der jüngste Steuermann ließ fast jeden Abend seine Freundin kommen, was offiziell nicht erlaubt war. Während seiner Wachaufsicht hatten wir freie Hand, er war mit seiner Freundin beschäftigt!

Da ich als einziger Matrose wusste, wann sie kam und wann nicht, "verkaufte" ich diese Information an den jeweiligen Wachdienst, was nur Sinn machte, wenn wir in irgendeinem Hafen lagen. Der Wachdienst wiederum verkaufte sein "Weggucken" an Matrosen, die verbotenerweise von Bord gingen und uns dafür als Bezahlung Fritten und anderen Kram mitbrachten!

Es wurde noch lukrativer, als ich etwas schlauer wurde. Da wir meistens längere Zeit keinen Hafen anfuhren, brachte ich für mich genug Zigaretten und Süßigkeiten mit und nach einiger Zeit fragten manche Jugendliche, ob sie eine Zigarette oder Süßigkeit von mir bekommen könnten. Natürlich bekamen sie dies! Ich hatte immer weniger für mich selbst und kaufte noch mehr Vorrat ein. Bis ich wie gesagt schlauer wurde oder - wie die Leute damals sagten - meine jüdischen Wurzeln sichtbar wurden. Zu der Zeit empfand ich solche Sätze nicht abwertend, sie waren völlig gewohnt und gingen am Bewusstsein fast vorbei - und manchmal war ich sogar stolz darauf.

Ab sofort verkaufte ich Zigaretten und Süßigkeiten pro Stück gegen für die damalige Zeit saftige Preise. Trotzdem sorgten die meisten Matrosen nicht selbst dafür, genug von dem Zeug vorrätig zu haben und kauften anscheinend lieber bei mir ein. Wer war jetzt der Dumme?!

Von einem für mich wichtigen Ereignis muss ich Ihnen noch berichten: Zu irgendeinem sehr wichtigen Jubiläum sollten Königin Juliana und Prinz Bernhard den Pollux inspizieren. Deswegen wurde „Klar Schiff" gemacht (sauber) und zu einer bestimmten verabredeten Zeit standen alle Matrosen in den Wanten (dort, wo man die Masten hochklettert) bzw. auf den Rahen, außer Steven.

Damals standen mein Fleiß und Benehmen noch hoch im Kurs und ich wurde auserkoren, die Majestäten zu begrüßen und zusammen mit dem jüngsten Steuermann über das Schiff zu führen. Juliana war sehr interessiert und stellte viele Fragen, die ich immer stolzer beantworten konnte.

Als sie gegangen waren wollten meine Kollegen wissen, wie die Juliana so ist und ich antwortete lapidar: „Ganz normal".

Mein leiblicher Vater, der Ihnen, dem Leser, bis jetzt noch unbekannt war, arbeitete nach der Scheidung von meiner Mutter als Koch auf der Stena Line zwischen den Niederlanden und Schweden. Eigentlich war er Zimmermann, aber wen kümmerte das. Er konnte sehr gut kochen!

Irgendwann im Jahr 1958 hat er dann Gun - eine Schwedin - kennengelernt, in Schweden geheiratet und ein Mädchen und zwei Jungen bekommen. Ich fuhr so oft wie ich durfte, auch schon während meiner Kinderheimzeit, von Amsterdam nach Schweden. Das machte ich alleine mit der Tor Linie. Ich wurde zum Schiff gebracht und abgeholt. Nach einigen Jahren kannte ich alle an Bord, was den Verbleib - schließlich war ich noch ein kleiner Junge - für mich angenehmer machte. Auch während meines Aufenthaltes auf der Pollux verbrachte ich oft meine Ferien bei meiner schwedischen Familie. Zu der Zeit war in den Niederlanden Pornografie noch strengstens verboten, in Schweden aber nicht. Freunde kauften für mich pornografische Heftchen, die ich ins Land und aufs Schiff schmuggelte und pro Blatt (Foto) an den Meistbietenden verkaufte. Unglaublich lukrativ! Vielleicht war dies außer meiner jüdischen auch eine kleine kriminelle Ader, wer weiß?!

Nach einem Jahr, kurz vor meinem sechzehnten Geburtstag, beendete ich die Seefahrtschule mit dem Abschluss "Leichtmatrose".

Jetzt musste ich noch "Vollmatrose" werden! Es gab dafür zwei Möglichkeiten: entweder ein Jahr Große Fahrt, das heißt ein Jahr lang kommst du nicht mehr in deinen Heimathafen, oder drei Monate Fischtrawler, und da ich ja schlau bin.... Ja, ja, Hochmut kommt vor dem Fall!

Ein Fischtrawler fischt aus dem Heck heraus mit Schleppnetzen. Dann kommt der gefangene Fisch auf ein kurzes Förderband, wird sortiert, gesäubert und eventuell gepökelt und auf Eis gelegt; das passiert Tag und Nacht! Dafür benötigt es eine doppelte Mannschaft, neben Kapitän und Steuermann sechzehn Matrosen, die in einem vierstündigen Rhythmus arbeiten: vier Stunden arbeiten, vier Stunden schlafen im Wechsel. Da Menschen - auch Matrosen - reden, spielen, essen und trinken wollen, ist Schlaf auf diesen Schiffen nicht das oberste Gebot. Es stehen der Mannschaft nur acht Kojen (Betten) zur Verfügung, mehr ist nicht nötig, denn die andere Hälfte der Matrosen arbeitet ja. Ich gewöhnte mich schnell daran, immer in einem Bett zu liegen, in dem gerade ein anderer Kollege geschlafen hatte. Der penetrante Geruch von Fisch - auch weil er der Billigkeit wegen täglich gegessen wurde - lässt alle anderen Gerüche in den Hintergrund treten. Was offensichtlich im Hafen merkbar wurde, da die meisten Leute im Vorbeigehen sich nach mir umdrehten !

Drei Monate später war ich für immer geheilt von der Freiheit des Seemannslebens.

Um wieder anmustern zu können musste ich auf ein neues Schiff warten, musste jedoch in der Zwischenzeit auch für meinen Lebensunterhalt - ich wohnte vorübergehend bei meiner Mutter - aufkommen.

Um Geld zu verdienen folgte ich dem Rat eines Freundes, dies in der Autowerkstatt zu tun, in der er selbst arbeitete. Sowohl die Arbeit dort als auch der Chef gefielen mir so gut, dass ich das Angebot annahm, in dieser Werkstatt eine Automechanikerlehre anzufangen.

Arbeiterkind
Der Mutter entglitten

Von meinen erstverdienten fünfundzwanzig Gulden Lohn, die mir jede Woche samstagmittags in einer Lohntüte überreicht wurden, kaufte ich meiner Mutter von der Hälfte des Geldes einen großen Strauß Blumen. Sie freute sich sehr und am nächsten Wochenende tat ich das Gleiche wieder. Am dritten Samstag vergaß ich es oder hatte keine Lust, Blumen für sie zu kaufen. So kam ich ohne solche nachhause. Sie empfing mich schon oben an der Treppe, schaute auf meine Hände und schrie: „Wo sind meine Blumen!!?" Ich drehte mich um, lief zum Blumengeschäft, kaufte Blumen, lief nach oben in ihre Wohnung, sagte „Hier sind deine Blumen!", lief zum Balkon und schmiss sie vom dritten Stock auf die Straße! Erst einundzwanzig Jahre später hat sie von mir wieder Blumen bekommen. Wir hatten es nicht einfach miteinander!
Die Entscheidung, mein Leben ganz ohne Mutter zu führen, schaffte ich erst mit achtzehn Jahren umzusetzen. Auch ich, „damit es in der Familie bleibt", musste damals heiraten.
Wir bekamen über „Vitamin B" in der "Indischen Buurt" einem Viertel von Amsterdam, eine Wohnung. Ohne Beziehungen wäre das wegen der Wohnungsnot nicht möglich gewesen. Um überhaupt eine Wohnung mieten zu können, werden Kinder in den Niederlanden schon unmittelbar nach der Geburt bei Wohngenossenschaften eingeschrieben. Das Haus und damit auch die Wohnung waren so schief, dass eine Murmel von alleine mit großer Geschwindigkeit von der einen auf die andere Seite des Raumes rollen konnte. In ganz Amsterdam besteht der Untergrund der Häuser nur aus Sand; um bauen zu können, müssen für das Fundament erst lange Betonpfähle in den Boden gerammt werden.

Für ein Haus von X Quadratmeter braucht man Y Betonpfähle, die dann heute unter Aufsicht eingerammt werden. Früher hat man nur die Köpfe der Pfähle gezählt, nicht wie heute die ganzen Pfähle! Deswegen stehen die meisten alten Häuser vor allem in Arbeitervierteln auf zu wenig Pfählen und sacken ab! Ganze Viertel müssen deswegen neu bebaut werden, damals eben auch das unsere. Wir mussten umziehen, weil uns buchstäblich die Bude unter dem Arsch wegsackte. Schwamm....Sand darüber!

Unsere Hochzeitsreise bestand aus einer Woche Aufenthalt mit Baby in einem kleinen Ferienhaus nicht sehr weit von Amsterdam entfernt. In den Niederlanden pflegt man zu diesen Gelegenheiten das Schreiben von Postkarten, was ich als braver Bürger auch tat. In der Woche danach besuchte ich mal wieder meine Mutter. Nach meinem Klingeln öffnete sie die Tür, indem sie an einem Tau zog, das vom dritten Stock durch Ösen zum Schloss der Außentür lief und blieb dann oben an der Treppe stehen. Im Treppenhaus schrie sie schon: „Du hast keine Karte geschickt, du undankbares "Kreng" (Miststück)!"

Ich drehte mich um (schon wieder) und ward nicht mehr gesehen!

Es gab glücklicherweise in meiner Kindheit aber auch schöne familiäre Momente, die mit meiner Mutter nichts zu tun hatten, sondern durch meinen Stiefvater ausgelöst wurden. Der trat erst während meines sechsten Lebensjahrs in Erscheinung und wir nannten ihn Onkel Jonny. Erst nach Jahren, als klar wurde, er bleibt und läuft nicht wie die vielen anderen Männer, die meine Mutter hatte, weg, fing ich zaghaft an, ihn mit Papa anzusprechen.

Ehrlichkeitshalber muss ich noch anmerken, dass es für Frauen im Allgemeinen und für meine Mutter im Besonderen in den fünfziger und sechziger Jahren als Frau mit Kindern sehr schwierig war, einen Mann zu finden, der blieb.

Mein Vater - das "Stief-" lasse ich sein, da er gefühlsmäßig mehr Vater für mich war als mein leiblicher - war von Beruf Clown. Mit einem Kollegen zusammen waren die beiden das Clownsduo „Pipo en Koko, die zwei Kamé's". Sie belustigten Kinder mit Karikaturenzeichnen, Bauchsprechen, Zaubern und Clownerie und Erwachsene mit Clownerie und Akrobatik. Da kam ich ins Spiel: Mein Vater hatte erkannt und anerkannt, dass ich ein guter Akrobat war und Gebrauch davon gemacht, indem ich oft mit auf der Bühne stand und mit ihm zusammen lustige akrobatische Figuren, die Kaskade genannt werden, vorführte. Eine Kaskade ist eine Verkettung von Ereignissen, wobei alle Ereignisse auf die vorhergehenden zurückgehen. Klassisches Beispiel: Auf einem Tisch sitzt ein Mann auf einem Stuhl, ein zweiter taucht von hinten unter dem Stuhl durch, der Stuhl mit Mann fällt um, der zweite Mann fängt den ersten Mann auf. Dies alles muss sehr gut getimed sein, sonst tut man sich weh - was beim Einüben öfters passierte, manchmal war ich danach bunt und blau! Wenn ich nicht auf der Bühne stand bediente ich, wie andere Artistenkinder auch, die Beleuchtung, Ton und Vorhang und war Mädchen für Alles. Auf dem Land und in kleineren Städten waren Bühnenmeister nicht vorgesehen. Auch hier bekam ich alles mit, was hinter der Bühne untereinander ablief. Dies soll jedoch weitgehend außerhalb Ihres Vorstellungsvermögens bleiben... Im Folgenden aber kann ich nicht vermeiden, dass Ihre Phantasie angeregt wird:

Mein Vater war ein sehr freigiebiger Mann. Wir konnten vieles von ihm bekommen, nicht aber bares Geld! Dies ging ihm so gegen den Strich, dass er alles dafür tat, es zu vermeiden. Am besten war er darin, unser wöchentliches Taschengeld dem Vergessen zu überlassen!

Er dachte auch gar nicht daran, mir das Honorar, welches er dem Theater mit in Rechnung stellte, zu zahlen.

Wochenlang liefen wir hinter ihm her, und wenn er nachgab bekamen wir nur das Taschengeld für die laufende Woche.

Natürlich gab es auch bei ihm hinter der Bühne oder im Hotel viel Techtelmechtel und ich wusste genau mit wem. So erpresste ich meinen Vater, aber nur für das, was mir sowieso zustand. Die Taschengeldzahlungen wurden nachhaltig besser!

Da war sie wieder, diese kleine kriminelle Ader von mir. Mein Vater jedoch war diesbezüglich nie nachtragend!

Am Schlimmsten zeigte sich meines Vaters Marotte - wir schämten uns für ihn - beim Honorar der alljährlichen Sinterklaas (Nikolaus-) Parade. Rund um den zwanzigsten November kommt Sinterklaas per Schiff aus Spanien in Amsterdam an und steigt dort auf seinen weißen Schimmel, um seine Aufwartung beim Bürgermeister und auch im Fernseher zu machen. Diese Tradition der Niederländer entstand aus einer beleidigend gemeinten Parodie auf die spanischen Soldaten während des achtzigjährigen Krieges gegen ihr Land (1568 bis 1648).

Deswegen kommt bei uns Sinterklaas aus Spanien in Begleitung von Zwarte Piet (Knecht Rupert), seinem Helfer. Die Pieten waren "Mohren" – Schwarzafrikaner, die sich im Laufe der Jahrhunderte in Spanien angesiedelt hatten.

Wir Artistenkinder wurden als Pieten für die Parade deswegen professionell schwarz geschminkt und in der damaligen spanischen Tracht gekleidet. Rassismus, Diskriminierung? Jeden Herbst können Sie in den Niederlanden die Debatten für und gegen die Teilnahme der Pieten verfolgen, Tradition hat starke Wurzeln!

Wir waren sozusagen die Vorhut des Sinterklaas Zuges. Um das Publikum anzuheizen, machten wir während des ganzen Zugweges lustige Akrobatikstunts, und zwar bei Wind und Wetter. Das Ende des Zuges fand stets in einem Theatersaal statt, in dem Sinterklaas durch einen Fernsehmoderator gefragt wurde, welche Strafe böse Pieten bekommen. „Die müssen eine halbe Stunde auf ihren Händen herumlaufen", sagte er. Was wir dann auch taten. Der Trick dabei war, seitwärts die Bühne zu verlassen, damit der nächste Piet wieder von dort auf die Bühne kam und weiterlief. Es wurde immer wieder bestaunt, wie es möglich war, eine halbe Stunde lang auf Händen laufen zu können!
Wir, alle Artistenkinder, bettelten immer wieder ohne Erfolg um einen Teil des Honorars. Daraufhin beschlossen wir im folgenden Jahr, meinen Vater zu zwingen! Wir klauten morgens um fünf Uhr dreißig - um sechs Uhr fing das Schminken an - den Bart von Sinterklaas. Um sechs Uhr begann das Suchen, um sechs Uhr dreißig sagten wir, dass der Bart gefunden wurde und nur herausgegeben würde, wenn uns ein ehrlich aufgeteiltes Honorar bezahlt würde. Es dauerte keine Minute, bis mein Vater verstand, dass er mit dem Rücken an der Wand stand und unseren vorgefertigten Vertrag unterschrieb!

Während der siebziger und achtziger Jahre wurden mein Vater und sein Partner weltberühmt durch eine Fernsehserie für Kinder, in der Peppi und Kokki als zwei Matrosen kleine Abenteuer erlebten.

Diese Serie war nicht nur physisch inspiriert von "Dick und Doof"; wie bei den ersten Laurel & Hardy-Filmen handelte es sich auch hier um Stummfilme, die jedoch mit Klaviermusik und einem Voice Over (Erzähler), der das Geschehen auf der Leinwand verdeutlichte, versehen waren. Sollten Sie Lust und Zeit dazu haben, dann können Sie die Filmchen noch immer - auch deutschsprachig - im Internet finden.

Im Oktober 1968 in meinem siebzehnten Lebensjahr fing meine Automechanikerlehre an der technischen Abendschule an. Dreimal in der Woche - Montag, Dienstag und Donnerstagabend - hatte ich von 19 Uhr bis 21.30 Uhr Unterricht. Erst war ich dort Aspirant (Lehrling), dann zweiter Monteur und nach sechs Jahren schließlich erster Monteur (Meister). Zwei Jahre später war ich verheiratet (Frau und Kind), hatte ein soziales Leben, Hobbies (Jiu Jitsu) und arbeitete daneben wie schon seit meiner Pubertät als freiwilliger Mitarbeiter in einem Jugendheim. Der Tag hatte damals auch nur vierundzwanzig Stunden! Wie ich das hinbekommen habe? Fragen Sie mich etwas Einfacheres! Ich weiß es nicht und kann es mir auch nicht mehr vorstellen. Ich war so, verrückt!

Die Werkstatt, in der ich arbeitete, war sehr familiär. Es gab Phasen, in denen wir uns untereinander und auch unseren Stammkunden Rätselaufgaben stellten und mehr mit dem Beantworten beschäftigt waren als mit der Arbeit.
Beanstandet wurde dies nie, weil wir früher kamen oder später gingen und die Arbeit stets professionell gemacht und fertiggestellt wurde.
Eine Zeit lang hatte wir einen imaginären Hund, Bello.
Immer wenn ein Kunde kam, sagte einer von uns während wir reparierten: „Bello, geh weg, ich habe keine Zeit zum Spielen" und kurze Zeit später ein anderer: „Bello, ich auch nicht". Das wiederholte sich fünf- bis sechsmal durch die ganze Werkstatt. Monatelang haben wir dies durchgehalten und wenn wir es mal vergessen haben, konnte es sein, dass ein Kunde fragte: „Ist Bello heute nicht da?"
Irgendwann haben wir es übertrieben, weil Bello nicht mehr als Hund gehandelt wurde, sondern als kleines Stierchen. Das war dann nicht mehr so glaubwürdig, schade eigentlich!

"Onz Huis" (Unser Heim), in dem ich parallel tätig war, war eine sogenannte Offene Tür. Das heißt, jeder konnte kommen, zu der Zeit auch die "Hells Angels", und wir hatten uns auf Stadtteilarbeit spezialisiert. Die ehrenamtliche Arbeit dort machte mir sehr viel Spaß und ich traf die Entscheidung, sie auf gleitende Weise zu meiner regulären Arbeit zu machen. Dafür brauchte ich eine Qualifikation. Obwohl ich den Meistertitel nicht mehr brauchen würde - ich wollte die letzten drei Jahre nicht umsonst doppelt geschuftet haben - legte ich im Jahr 1974 die Meister- und die Sozialarbeiterprüfung parallel ab. Wie ich das geschafft habe, kann ich immer noch nicht beantworten!
Zuerst musste ich jedoch auch noch eine Begabten - Sonderprüfung bestehen, ich hatte wie Sie wissen kein Abitur.

Ich konnte diese innerhalb von zwei Monaten im November oder erst im darauffolgenden Jahr im Juli ablegen. Da es keine anderen Risiken gab, als die Prüfung im Juli nachzuholen zu müssen, wagte ich, daran teilzunehmen. Zwei Punkte weniger und ich hätte es nicht geschafft!

Das Teilzeitstudium "Gezelschapwerker" (Sozialarbeiter) fand glücklicherweise nur freitags statt; Montag-, Dienstag- und Donnerstagabend war ich schon vergeben.

Der Übergang begann, seinen Lauf zu nehmen.

Die letzten zwei Jahre in Amsterdam arbeitete ich als Street-Corner Arbeiter auf der Straße mit Drogensüchtigen. Das erste Jahr war das härteste. Für diese Arbeit war ich viel zu jung und zu blauäugig dazu.

Ich war der Überzeugung aufgesessen, Menschen helfen zu können, keine Drogen mehr zu nehmen. Von Tuten und Blasen hatte ich keine Ahnung, bin sozusagen einfach da hereingerutscht. Ich war der einzige, an den die drogensüchtigen Jugendlichen sich wendeten, weil die anderen Sozialarbeiter meist zugezogen waren und aus mittelständischen Familien kamen.

Ich dagegen war in diesem Viertel zum Teil aufgewachsen und kannte viele von ihnen aus der Schul- und Gangzeit. Mein Credo: „Natürlich kann ich euch helfen!" Sie klauten mein Geld, meine Lederjacke und noch vieles mehr - um Drogen zu kaufen natürlich! Zuerst war ich deswegen tief verletzt und beleidigt, ich konnte noch nicht unterscheiden zwischen dem Persönlichen und dem Professionellen. Ist auch sauschwer! Supervision war damals meine Rettung. Es gab professionelle Menschen, die mit mir zusammen meine Arbeit reflektierten und nach vielen Jahren Sozialarbeit wurde auch ich professioneller. Und vor allem gab es den ersten Menschen, der mein Frauenbild ins Wanken brachte: meine Therapeutin.

Als meine Unnahbarkeit sich mit Eiseskälte paarte und ich mich selbst verlor, wurde es höchste Zeit, freiwillig – damals im Kinderheim hatte ich gemusst – in Therapie zu gehen. Wenn Menschen es trotz meiner Unnahbarkeit schafften, mir emotional nah zu kommen, schützte meine Eiseskälte mich vor weiteren Versuchen.

Da ich diese Fähigkeit nicht bewusst steuern und schließlich auch nicht mehr an mich selber herankommen konnte, nahm ich Kontakt mit meiner Therapeutin auf. Sie kennen mich schon ein bisschen, ich wollte einfach alles wieder selber bestimmen können!
Mit Eindeutigkeit, freundlich und zugeneigt, schaffte sie es, mir das Prinzip des "Lernens" statt des "Können Wollens" zu vermitteln.
Stets wenn ich mich darüber beklagte, dass dieses oder jenes nicht geklappt hatte, sagte sie: „Ach, du wolltest können, lernen setzt aber das Nichtkönnen voraus! Solange du können willst, kannst du unmöglich etwas lernen."
Irgendwann schnallte ich es!

Gott sei Dank hatte sie ein "wahnsinniges" Durchhaltevermögen! Zusammen übten wir, wie ich meine Unnahbarkeit, Kälte und Angst steuern und - wenn für mich nötig - die Schutzschichten ab- beziehungsweise wieder anlegen konnte. Ich nannte diese Fähigkeit meine „Zwiebel-Taktik" und beherrsche sie heutzutage ziemlich gut; nur manchmal klappt sie nicht auf Anhieb, dann habe ich meine Therapeutin noch im Ohr: „Du weißt, dass du das, was du lernen wolltest kannst, wenn es meistens klappt und manchmal nicht."
Ich kann es also!

Erinnern Sie sich an Ome Leo? 1974 - mehr als zehn Jahre nach dem Gespräch mit ihm - hatte ich gelernt, meine Vergangenheit als einen Fall betrachten zu können und bewarb mich als Sozialarbeiter in einem Heim für psychisch kranke Kinder und Jugendliche im Alter von drei bis einundzwanzig Jahren in der Nähe von Arnheim.

Sozialarbeiter
Vom Regen in die Traufe!

Meine erste Ehe gehört nicht zu den ruhmreichsten Abschnitten meines Lebens, trotzdem möchte ich sie nicht verschweigen!

Meine damalige Frau war mindestens so problembehaftet wie ich. Bei mir war das nur - jedenfalls für mich - offensichtlicher!
Hinzu kam mein romantisches und weit überzogenes Bild von Liebe und Ehe. Ich lechzte danach, so geliebt zu werden wie es in den Groschenromanen, die ich wie wild gelesen hatte, beschrieben wurde. Große Enttäuschung! In meiner Wahrnehmung war meine Frau alles andere als liebevoll – wahrscheinlich, weil ich ihre große Enttäuschung war!?
Ich war einfach oft schon zur Amsterdamer Zeit nicht da gewesen.
Jetzt hatte ich auch noch Schichtdienst, Tag- und Nachtdienste und begann 1975 ein Teilzeitaufbaustudium Psychotherapie und Supervision. Ich konnte es eben nicht lassen!

Schon als unser Sohn ein kleines Baby war konnte sie es nicht ertragen, dass er sich nicht so verhielt, wie sie das wollte. Sie schüttelte ihn dann durch und schrie ihn dabei an, was es natürlich nur noch schlimmer machte! Und ich? Ich verdrängte das Ganze erfolgreich und war nur schon deswegen kein guter Vater. So oft ich konnte probierte ich trotzdem, einer zu sein, indem wir einiges regelmäßig zusammen unternahmen.

Wir kauften einen kleinen Bernhardiner, den unser Sohn sich gewünscht und ausgesucht hatte. Er nannte ihn "Wuf". „Das ist der einzige Hund, der seinen Namen selber sagen kann", sagte er.

Von da an war es für meine Frau nicht mehr so einfach und wurde immer schwieriger, ihn zu schlagen, je größer "Wuf" wurde: Der Hund griff sprichwörtlich ein.

Nichts, was ich tat, war dieser Frau gut genug. Ich kannte dies schon von früher, nur jetzt - im Gegensatz zur Zeit bei meiner Mutter - probierte ich, es ihr rechtzumachen. Je mehr ich dies tat, umso mehr Häme bekam ich. Ob Haushalt, Kinderbetreuung, schöne Dinge für sie und mit ihr machen, egal! Wenn ich eines davon nicht oft genug machte, drohte sie, sich umzubringen. Nahm Tabletten oder schnitt sich ihren Puls auf – zynischerweise quer und nicht längs - und ich rief tief emotional betroffen immer wieder unseren Arzt an.

Tabletten waren für mich ein rotes Tuch! Von meiner jetzigen Perspektive aus gesehen habe ich ihr wahrscheinlich vorgelebt, was Tabletten machen: Betäuben! Auch wenn ich nicht genau weiß was, nehme ich mal an, dass sie viel zu betäuben hatte!

Meine Krankheit, die Knochenmarkentzündung, war im Laufe der Zeit chronisch geworden. Ich musste immer mehr und stärkere Tabletten gegen die Schmerzen nehmen, die dies verursachte. Erst seit ca. fünfzehn Jahren taucht chronische Knochenmarkentzündung in medizinischen Berichten auf. Bis dahin hatte ich sie schon vierzig Jahre – auf diese Besonderheit hätte ich gern verzichten können! Ich traute mich nicht mehr, aus dem Haus zu gehen ohne zigmal zu kontrollieren, ob ich alle Pillen mit dabeihatte. Ja, ich war süchtig!

Notgedrungen holte ich mir Hilfe bei meinem Heilpraktiker und Jiu Jitsu Trainer und nach mehreren Monaten harten Trainings und einer gezielten Nahrungsumstellung konnte ich die Schmerzen mit meinem Kopf ziemlich gut im Griff halten – bis jetzt nehme ich keine Pillen mehr zu mir, toi, toi, toi!

Die angedeuteten Selbstmordversuche meiner Frau begleiteten unser Leben einige Zeit weiter, bis das Ganze mich nicht mehr berührte und ich nach einer erneuten Tabletteneinnahme emotionslos meine Finger in ihren Hals schob. Ich zog der Schutzschicht meiner Eiseskälte wieder an. Natürlich bekam unser Sohn dies wenigstens teilweise mit und hatte so auch seinen Knacks weg! 1977 - im verflixten siebten Jahr -trennten wir uns, nicht einvernehmlich. Unser Sohn, so entschied zu der Zeit das Gericht immer, blieb bei meiner Frau. Offiziell geschieden wurden wir erst Jahre später.

Das Heim, in dem ich tätig war, stimmte damals einem von mir gewünschten Sabbatjahr zu. Bei uns gibt es im Gegensatz zu Deutschland mehr Männer als Frauen in der Sozialarbeit und ich war schon immer Weltmeister im "Verpissen"! Die Uni stimmte mit der Auflage, zwei Semester nachzuholen und eine Arbeit in Form einer Felduntersuchung zu schreiben, meinem einjährigen Aufenthalt als Entwicklungshelfer im Bundesstaat Bahia in Brasilien ebenfalls zu.
Natürlich wurden wir, die Entwicklungshelfer, auf unseren Job vorbereitet. Dieses Wort "Entwicklungshelfer" ist übrigens ein Hohn! Ich lernte erheblich mehr von den "armen Brasilianern" als die von mir! Jedenfalls wurde ich dort zuständig für das Thema Nahrung.

Es war noch die Zeit der Junta und vieles war - milde ausgedrückt - schwierig.

Die Nahrungsbeschaffung für Menschen, die quasi als Leibeigene für Großgrundbesitzer arbeiteten und keinen eigenen Grund bebauen durften, war teuer und nicht einfach. Die Sterberate war deswegen und wegen "faulen Wassers" sehr hoch. Die Basisgemeinde hatte einen eigenen Gesundheitsdienst und mit dem durfte ich zusammenarbeiten. Ich schlug vor, um zum Beispiel die Wirkung von weißem geschältem Reis erlebbar zu machen, die Hühner damit zu füttern.
Drei Tage später liefen diese Hühner hinkend durch ihren Käfig. Beriberi ist eine Vitaminerkrankung, die zu Störungen der Nerven, der Muskulatur und des Herz-Kreislauf-Systems führen kann. „Was hast du mit unseren Hühnern gemacht?" - der Aufschrei war groß und ich brauchte einige Zeit, um zeigen zu können was passiert, wenn die Hühner ungeschälten Reis bekommen. Nach ca. drei Tagen gingen sie wieder ganz normal! Dieses Beispiel schlug wie eine Bombe ein! Das Gebiet, welches wir betreuten, war 800 Quadratkilometer groß. Verbreitet hatte diese Geschichte sich jedoch immer schon, bevor ich in einer anderen Gemeinde auftauchte: „Passt auf Eure Hühner auf, der Holländer kommt!"

Es war auch verboten, Menschen, die durch Messer oder Kugeln verwundet wurden, zu helfen. Wir waren in einem Städtchen niedergelassen, in dem - wie im Wilden Westen - man Pistolen und Gewehre trug und nutzte. Nachts, wir hausten gegenüber drei Puffs, wurde immer jemand verletzt. Im Team hatten wir einen jungen Schweizer Arzt und das Angebot an Verwundeten war groß. Ich half ihm, so gut ich konnte.

Da wir nicht erwischt werden wollten, mussten die Verwundeten gleich nach der Behandlung wieder gehen. Das war auf der Station Alltag, oder besser gesagt Allnacht! Des Weiteren betrieb ich mit ein paar deutschen Priestern, dem Bischof einer nah liegenden Stadt und der ersten Nonne (deutschstämmig) in Minirock, die ich kennengelernt habe, einen „Spötter-Club". Zum Beispiel erzählte die Schwester: „Gestern, als ich auf dem Klo saß, schwirrte eine Barberra um mich herum!" - eine Art Käfer, der fliegen kann und wenn er in eine Wunde am Körper kackt, kann es sein, dass das Herz sich lebensgefährlich vergrößert – „Ich verpasste ihm so einen Schlag, dass er ins Klo fiel und ich auf ihn statt er auf mich kackte!"

Das brachte ihr zehn Punkte ein. Bei fünfzig verdienten Punkten wurde der- oder diejenige zum Trinken (wichtiger!!!) und auch zum Essen eingeladen.

Eines Tages fuhren wir auf einer Piste – einem vielbefahrenen, sehr hubbeligen Sandweg - zu irgendeiner Gemeinde, als ich von weitem den orange Käfer meiner Spötterschwester sah. Sie sah unseren allseits bekannten Jeep auch, stoppte – vorbeifahren war auf diesem Weg auch gar nicht möglich – und rief schon vom Weitem: „Steven, hast du Scheißpapier im Auto?" Eine zweite Nonne aus ihrem deutschen Konvent, "Mutter Oberin", stieg aus und maßregelte meine Minirockschwester mit : „Solche Worte sagt man nicht!" Was ihr wohl am ...vorbei ging, da sie später meinte: „Was ein Glück, dass du genug Scheißpapier mit hast, sonst hätte ich in die Hose geschissen!" Mutter Oberin blieb daraufhin der Mund vor Schreck offenstehen!

Der Süden Brasiliens ist sehr dürr, es fällt kaum Regen und die Farben der Vegetation sind sehr blass. Nach einer Zeit gewöhnt man sich aber so daran, dass das einem nicht mehr auffällt.

Ein kleines Erlebnis machte mir diese Tatsache sehr bewusst: Als ich an einem Morgen die Gardine des Schnellbusses nach Recife aufzog, war ich so geblendet von der grellen grünen Farbe der Pflanzen, dass ich die Gardine schnell wieder zuziehen musste.

Mich wieder an den niederländischen Sitten und Kinderheimgewohnheiten zu orientieren fiel mir schwerer als vorher umgekehrt die Umstellung auf die brasilianischen Gepflogenheiten. In das Studium dagegen konnte ich mich schnell einfinden, da ich über diese Zeit und das, was ich herausgefunden hatte, schreiben konnte. Übrigens wurde die Felduntersuchung "Wie Nahrung das Leben von Menschen nachhaltig ändern kann", mit einem "Gut" benotet und teilweise in eine andere großangelegte Untersuchung integriert. Toll, was?

Erst nachdem wir zwei Semester lang mit unseren Kommilitonen geübt hatten konnten wir in der Uni mit "echten Familien" arbeiten. Die Eltern mussten ihr Einverständnis dafür, dass diese Sitzungen gefilmt, durch Studenten begleitet und für Lernzwecke benutzt werden durften, schriftlich erteilen.
Die Videos der Sitzungen wurden vor der Präsentation für die ganze Lerngruppe erst von der jeweiligen angehenden Therapeut/in und der Dozent/in angeschaut.

Was ist schlimmer, als dich selbst zu sehen? Zu sehen, wie du ausschaust, wenn du redest und zu hören, wie du redest mit Männern, Frauen oder Kindern, deine Gestik und Mimik zu betrachten. Dieses Ding – der Film - kann eben nicht lügen. Die Wahrheit - mein eigenes Verhalten - war hart und manchmal auch schmerzvoll anzusehen.
Nachdem ich mich selbst von außen gesehen hatte, konnte ich besser in mich hineinschauen. Ich lernte, genauer zwischen Interpretationen, Gefühlen, Reaktionen etc. von mir und meiner Klientel zu unterscheiden.
Im Privatleben habe ich dafür übrigens Ewigkeiten gebraucht und bin immer noch dran!

Im Frühjahr 1979 war mein Aufbaustudium nach vier statt drei Jahren gerade abgeschlossen und das Gefühl von Herausforderung fing mir schon an zu fehlen!
Aber keine Angst: Ich lernte meine zukünftige zweite Frau kennen.

Nach Deutschland
Unglaubliches konnte geschehen

Im Kinderheim hatten wir beschlossen, ein Experiment zusammen mit den Kindern und Jugendlichen zu wagen. Kinder ab sechs Jahren durften per Fahrrad in kleinen, vorher festgelegten Gruppen ohne Betreuer jeweils an einem Tag von Jugendherberge zu Jugendherberge fahren. In der jeweiligen Herberge wurden sie dann durch einen Sozialarbeiter des Heimes empfangen und am nächsten Tag wurde etwas Nettes mit ihnen unternommen. Am übernächsten Tag ging es weiter zum nächsten Standort. Über Telefon blieben alle Mitarbeiter miteinander in Verbindung und es gab sicherheitshalber auch einen Notdienst. Stationiert war ich selber in der Jugendherberge von Kleve. Da sich die Tage, an denen Kinder wegfuhren und wieder neue kamen, ziemlich langweilig gestalteten, lud ich meinen besten Freund zu mir ein. Wir spielten tagsüber Tennis. Die Abende, weil die Kinder für unsere Verhältnisse früh in den Betten lagen, gestalteten sich ziemlich zäh. Bis diese kleine Frau mit blonden Locken auf meiner Bildfläche erschien!

Um punkt zweiundzwanzig Uhr wurde die Herberge durch den Herbergsvater verrammelt und alle Lichter außer dem des Betreuerzimmers, in dem wir hausten, ausgemacht. Somit auch die Lichter der Zimmer dieser kleinen blonden Frau und ihrer Mitbetreuerin. Wir boten den beiden an, die Abende in unserem Zimmer mit Bier, Wein, anderen Getränken und Gesprächen zu gestalten, was begeistert aufgenommen wurde!

Alle Gespräche führten wir auf Englisch. Ich hatte zwar Deutsch als Pflichtfach in der Schule gehabt, hatte mich aber strikt verweigert – meiner jüdischen Vergangenheit wegen, nicht nur als Ausrede - diese Sprache zu lernen, geschweige denn sie zu sprechen.
Dementsprechend waren auch meine Noten.

Am zweiten Abend, wenn ich mich nicht falsch erinnere, schlug diese hübsche Frau vor, doch in Kleve die Kirmes zu besuchen. Bei verschlossenen Herbergstüren keine einfache Aufgabe!
Wir fanden sage und schreibe nur ein Fenster, das noch zu öffnen war und nur noch ein kleiner Sprung trennte uns von der Freiheit. Mein Freund, die Hübsche und ich sprangen. Eine andere Betreuerin hatte Angst und blieb sozusagen als Wache beim Fenster sitzen. Die Kirmes - dort angekommen - war schon geschlossen, es war in der Zwischenzeit auch schon 23 Uhr. Mein Freund hatte keine Lust mehr und lief zurück zur Herberge. Nicht zuletzt, weil er merkte, dass ich ein Auge auf die junge Frau und sie eins auf mich geworfen hatte… guter Freund!
Sie und ich hatten viel Spaß und kamen irgendwann wieder bei der Jugendherberge an. Mein Freund saß dort im Gebüsch und wir bekamen einen Lachanfall und mussten uns immer wieder lachend maßregeln, nicht so laut zu sein - der Jugendherbergsvater hätte uns schließlich hören können. Die Betreuerin am Fenster war eingeschlafen und nur mit viel Mühe und Steinchen konnten wir sie wecken und todmüde und zufrieden ins Bett fallen. Jetzt wusste ich: „Mit dieser Frau kannst du Pferde stehlen" und ich hatte mich verliebt!

Leider musste sie zwei Tage später - nicht ohne Telefonnummern und Adressen ausgetauscht zu haben - gehen. Ich dagegen musste noch eine wahnsinnig lange Woche dort bleiben.

Wir telefonierten oft miteinander und redeten über viele Themen. Sie gefiel mir immer besser und irgendwann wollte ich meinen Gefühlen für sie Nachdruck verleihen, kaufte eine wunderbare rote Rose, fuhr zweihundertfünfzig Kilometer nach Aachen – ich wusste, um die Zeit ist sie in der PH – hängte die Rose samt Liebesbriefchen (in Englisch natürlich) an ihre Haustür und fuhr wieder zurück.
So war und bin ich – verrückt!
Am nächsten Wochenende trafen wir uns bei ihr zuhause.
Ich liebe es, wenn ein Plan aufgeht!
Sie wohnte mit einer Kommilitonin und Freundin zusammen, die mich zwar anfänglich misstrauisch beäugte, später aber gut mit mir klarkam. Jedenfalls war es ein wunderschönes und spannendes Wochenende und ich konnte noch immer mit ihr Pferde stehlen. Wir, meine Freundin und ich, wiederholten das Telefonieren, die gemeinsamen Wochenenden und das Pferdestehlen viele Male, bis ich nicht mehr gehen wollte! Ich kündigte meinen Job, zog vorübergehend und einvernehmlich bei ihr ein, lernte fleißig die Sprache und bewarb mich in sämtlichen Kinderheimen in der Umgebung.

Nie hatte ich es mir träumen lassen, in diesem Land Fuß fassen zu wollen. Es war mir verhasst! In meiner Zeit als Kind und Jugendlicher hatte meine Familie Deutschland und alles, was damit zu tun hat, aus nachvollziehbaren Gründen gemieden. Wenn jemand mir früher gesagt hätte, ich würde mal nach Deutschland gehen, hätte ich ihn für verrückt erklärt!
Aber ich tat es!

Komischerweise war es mein leiblicher Vater, der als ich mit meiner zweiten Frau bei ihm war, Ressentiments gegen sie als "deutsche Frau" hatte. Nicht meine Mutter, als ich mit Vierzig bei ihr auftauchte!

Ein Vorstellungsgespräch bekam ich in Kall in der Eifel, schon ziemlich weit entfernt von Aachen, trotzdem wollte ich mein Glück dort versuchen!
Mein Glück, stellte sich heraus, war deren unverschämte Art, mit Menschen umzugehen: Sie, die Leitung, wollte mir nur persönlich mitteilen, dass mein Lebenswandel zu unstetig sei, sie deswegen nicht glaubten, dass ich diese Arbeit längere Zeit machen könnte und ich sowieso von dem her, was sie aus meinen niederländischen Zeugnissen entnehmen konnten, überqualifiziert wäre!
Wenn ich ernstgenommen werden wollte, sollte ich die Zeugnisse doch in richtigem Deutsch beglaubigt übersetzen und für die Anerkennung durch die Behörde prüfen lassen.
Ich bedankte mich – in richtigem Deutsch - für die unqualifizierten und qualifizierten Ausführungen und fuhr ziemlich frustriert nach Aachen zurück!
Gesagt, getan, ich ließ alle Zeugnisse - was sehr teuer war - beglaubigt übersetzen und schickte sie der Behörde.
Zwei Monate später bedauerte ich dies sehr!

Weder mein Sozialarbeiter- noch mein Therapeutenabschluss wurde, weil nicht den deutschen Standards entsprechend, anerkannt. Wenn ich im Heim arbeiten wollte, müsste ich wenigstens eine Ausbildung als Erzieher vorweisen können!
Was blieb mir anderes übrig?

Erst viele Jahre später wusste ich, wie man gegen solche Entscheidungen klagen kann. Das tat ich, zuerst beim Sozialgericht und - als das nicht fruchtete - beim europäischen Gerichtshof. Der entschied zu meinen Gunsten und ich konnte fortan als Psychotherapeut arbeiten!

Um meinen Lebensunterhalt finanzieren zu können, arbeitete ich zwischenzeitlich wieder als Automechaniker in einer Werkstatt in Stolberg. Weder konnte ich mich dort erneut mit diesem Beruf identifizieren noch gefiel mir die Art des Umgangs mit dem Personal. Ich konnte meinen Chef, der weil ich unzufrieden war auch unzufrieden war mit mir, dazu überzeugen, mich zu entlassen und beantragte Hilfe zum Lebensunterhalt beim Arbeitsamt.
Dass dies für mich überhaupt möglich war, habe ich meiner Freundin und späteren Frau zu danken. Ich selbst hätte nicht gewusst, an wen ich mich mit all diesem Kram zu wenden hatte!

Mittlerweile waren wir drei mit zwei weiteren Kommilitonen von Aachen in eine Kohlscheider Wohngemeinschaft umgezogen. Zu fünft bewohnten wir ein dreistöckiges Haus, in dem jeder ein eigenes Zimmer bewohnte. Damit es für alle bezahlbar blieb, teilten wir uns Miete und Haushalt.

Meine Freundin zahlte dabei einen Teil meiner Miete. Die Hilfe zum Lebensunterhalt vom Arbeitsamt reichte für das tatsächliche Leben nicht aus. Tolle Freundin!

Zum Haus gehörte ein hundertsechzig Meter langer und zehn Meter breiter Garten, in dem wir außer Kartoffeln auch Hasch anbauten.

Der Nachbarsgarten war von unserem durch ein dreißig Zentimeter hohes Mäuerchen abgetrennt. Der Nachbar und die Nachbarin gaben uns stets ungefragt guten Rat bzw. sagten uns, was zu tun war und wie wir am besten die Gartenarbeiten zu gestalten hätten. Eines Tages, als unsere Haschpflanzen sich gen Himmel streckten, sagte unsere Nachbarin, während sie wohlwollend die Pflanzen beäugte: „Nachbar, was stehen ihre Lupinen schön."

Seitdem ernteten wir nur noch Lupinen!

Es waren jedoch Unmengen, die wir auf dem Speicher des Hauses trockneten, zu viel für unseren eigenen Verbrauch!

Wir verrauchten sie; verarbeiteten sie in Kuchen und Plätzchen, streuten sie ins Essen und verschenkten sie notgezwungen auf vielen Feten, die wir aber nicht nur deswegen veranstalteten.

Seit meiner ersten Fahrradfahrt - Sie erinnern sich, die war im wahrsten Sinne des Wortes peinlich – war ich ein begeisterter Fahrradfahrer.

Da ich mit meiner Freundin außer Pferde stehlen auch gut Fahrradfahren konnte beschlossen wir, eine Tour über Rhein, Main und Donau nach Wien zu machen. Sie mit einem dreigängigen Hollandrad, ich mit einem einundzwanziggängigen Tourenrad. Kein Vergleich!

Mit vollem Gepäck – Kochgeschirr, Zelt, Schlafsack und Klamotten – fuhren wir über die Rhein/Main Wasserscheide und Rothenburg ob der Tauber hoch und herunter zur Donau.

Meine Freundin mit vollem Gepäck und nur mit drei Gängen, Wahnsinn! Das Gute daran war, dass ihr Gepäck immer leichter wurde: Auf jedem Campingplatz - und es waren viele - vergaß sie irgendein Kleidungsstück. Das lohnte sich auf die Dauer, kilomäßig!

In Wien verweilten wir ein paar Tage, um die Stadt anzugucken, mussten jedoch wegen chronischen Kleidungsmangels die Tour abbrechen und mit dem Zug nachhause fahren. Trotzdem alle Achtung!

Mitten im Schuljahr war damals nur eine Schule für Sozialpädagogik und zwar in Köln bereit, mich in ihre Erzieherausbildung aufzunehmen. Das hieß zwei Jahre lang – im dritten per Auto – um sechs Uhr morgens mit der Bundesbahn von Kohlscheid nach Aachen, von dort nach Köln und dann per KVB zur Schule fahren. Das schlauchte so, dass ich öfter - meistens bei Kommilitoninnen - übernachtete.

In dieser Schule wurde von einer bekannten Professorin ein bestimmtes Buch über Entwicklungspsychologie als sozusagen „allwissendes" Grundsatzwerk behandelt, das tatsächlich auf Literatur der fünfziger und sechziger Jahre basierte.
Das ging meinem Psychologieverständnis gegen den Strich und ich konnte im Unterricht weder den Mund halten noch ließ ich ihn mir verbieten. Ein dauerhafter Streit mit der Psychologielehrerin nahm seinen Anfang. Leider war sie auch meine Lehrerin für Methodik und Didaktik.
In der Praxisbeurteilung von Angeboten, die ich im Kindergarten durchgeführt hatte, schlug sie vehement zurück, auch wenn die Kindergartenleitung die Dinge anders sah!

Im Anerkennungsjahr ließ ich mich folglich durch eine andere Schule betreuen - besser für mich! Praktisch vollzog ich dieses Jahr in einer Außenwohngruppe eines Heims für psychisch kranke Kinder und Jugendlichen, in dem ich am Ende als Erzieher übernommen wurde. Beruflich war ich wieder angekommen!

1983 wurde dann unser Sohn geboren, und weil ich noch immer mit ihr Pferde stellen konnte, heiratete ich diese kleine Frau mit blonden Locken, meine Ihnen schon bekannte Freundin – freiwillig!
Wir zogen nach Köln in ein Zweifamilienhaus zusammen mit einem Kommilitonen von mir und dessen Frau. Ich arbeitete bis Ende 1984 weiter im Heim, kündigte dann, wurde Hausmann und fing unten im Wohnkeller an paartherapeutisch zu arbeiten, nachdem meine Frau – sie war Lehrerin geworden - aus der Schule heimgekehrt war. Hausmänner waren rar! Ich traf mich regelmäßig mit dem einzigen Mann in diesem Job, den ich kannte, zum "Kaffeekränzchen". Wir tratschten, natürlich über unsere Frauen. Tolle Sache!

Meine erste Tochter erschien 1985 auf dieser Welt und noch immer zusammen Pferde stehlen könnend zogen wir, weil wir eine größere Wohnung brauchten, nach Braunsfeld (ein Viertel von Köln).
Ich war voll auf "Öko"! Backte Brot von selbst gemahlenem Korn und kaufte - wenn noch bezahlbar – Biogemüse, das ich selbstverständlich schonend kochte. Die Kinder bekamen Stoffwindeln satt Pampers an den Po und darüber ein fettiges Lammwollhöschen, damit das, was so aus ihnen herauskommt, nicht überlief. Denkste!

Nach ziemlich kurzer Zeit verglichen mit Pampers musste ich wieder ein neues Stoffding anlegen - von den Bergen an Wäsche, die diese Stoffwindeln mit sich bringen, ganz zu schweigen. Nach dem Waschen waren die Dinger ganz verknuddelt und mussten, bevor sie auf die Wäscheleine gehängt werden konnten, einzeln glattgezogen werden. Eisern hielt ich trotzdem bei allen drei Kids mein Öko-Ideal durch, danach war es zu Ende. Pipi sei Dank!

Unser erstes Kind brachte ich jeden Tag in den Kindergarten. Beim Abholen am ersten Tag kam mein Sohn mir ganz aufgeregt entgegen und rief: „Papa, Papa, die stehen beim Pinkeln". Es dauerte eine geraume Zeit, bis er wieder bereit war, im Sitzen zu pinkeln! Heute ist er selber Papa, hat zwei Kinder, einen tollen Job, in dem er sich hochgearbeitet hat und ich bin mächtig stolz auf ihn!
Schon als kleiner Junge liebte er es, mit mir und später auch alleine im Sperrmüll, der einmal pro Monat vor den Häusern stand, nach Brauchbarem herumzuwühlen. Alles was elektrisch war, Kaffeemaschinen und später auch Computer, konnte er gebrauchen und reparieren. Anfangs konnte ich ihm noch zeigen, wie alles zum Funktionieren zu bringen war. Später und auch jetzt noch brauchte umgekehrt ich ihn dafür, vor allem, wenn es sich um Computer handelt!
Seiner Begeisterung für Technik, deren komplexe Zusammenhänge und das Versilbern seines Könnens folgend beschloss er später, Wirtschaftsinformatik an einer Privatuni zu studieren. Die Studiengebühr war ziemlich happig, dafür würde er ein halbes Jahr früher als an der staatlichen Uni fertig werden. Dieses halbe Jahr würde er dann nutzen, um in seinem Beruf schon ein Großteil der Kosten des Studiums zurückzahlen zu können.
Er hat recht behalten!

In Braunsfeld dauerte es noch etwas mehr als ein Jahr, bis der Haushalt, Waschen, Einkaufen, Kochen, Putzen etc. mir auf den Senkel ging. Jeden Tag das Gleiche und nie wird man fertig. Es gab kein Lob, sondern eher, wenn zum Beispiel Milch vergessen wurde, Tadel, manchmal auch für die Art der Kindererziehung.
Seitdem habe ich einen heiligen Respekt vor Hausfrauen, vor allem vor denen, die dies einen Großteil ihres Lebens machen. Ich nicht!

Diesen Teil meines Lebens der Öffentlichkeit preiszugeben, ist nicht das Einfachste! Meine Kinder werden dieses Buch höchstwahrscheinlich zu lesen bekommen - ob sie dann immer noch sagen: „Typisch Papa!"??
Wer nicht wagt....

Es wurde für mich mit der Zeit immer klarer: "Pferde stehlen" ist nicht genug! Ein toller Kumpel war sie, jedoch keine "Liebhaberin"! Diese Gewissheit schlich sich nicht plötzlich, sondern allmählich in mein Denken ein. Die Kommilitoninnen, die ich vorher erwähnte, wurden öfter auch meine Liebhaberinnen.
„Böse, böse" werden Sie vielleicht sagen. Moralisch mag dies stimmen, für mich jedoch war dies eine Offenbarung und eine kleine Hölle zur gleichen Zeit! Es war herrlich und angst -erregend, durch Frauen so umgarnt zu werden. Jetzt erst merkte ich, was mir in meinem ganzen Leben gefehlt hatte. Geliebt, gewollt zu sein mit Haut und Haar, ohne Wenn und Aber, so wie ich eben bin! Sowohl Kumpel als auch Liebhaber zu sein, bedingungslos! Ich war nicht in der Lage, dies meiner Frau zu vermitteln bzw. das, was ich verbalisierte, verletzte sie. Das tut mir noch immer leid, hilft jedoch nichts!

Natürlich hatte sie schon eine Ahnung von meinen Liebschaften und das verletzte sie noch mehr. Trotzdem war ich gerne mit ihr zusammen. Wir unternahmen viel gemeinsam und auch mit unseren Kindern. Sie war und ist eine tolle Mutter und ein toller Kumpel!

Ich entschied mich in dieser Zeit, mich sterilisieren zu lassen.
Weder wollte ich meine Frau noch die anderen Frauen schwängern. Sie bat mich, in Ruhe darüber nachzudenken und wenn ich nach einem halben Jahr dies noch immer wollte, würde sie zustimmen. Zu der Zeit brauchten Verheiratete für eine Sterilisation die Zustimmung des jeweiligen Partners.
Noch kein halbes Jahr später war sie schwanger mit unserer zweiten Tochter, unserem dritten Kind!
Ob bewusst oder unbewusst, ich fühlte mich betrogen und verhielt mich von da an auch so. Böse, böse! Ich weiß, konnte jedoch nicht anders.

Mit meiner jüngsten Tochter wurde ich nicht wirklich warm, was verheerenderweise bis in ihre Jugend anhielt. Heute haben wir trotzdem eine gute und liebevolle Beziehung, für die wir beide viel getan haben!
Sie wurde Sozialarbeiterin, hat ein Kind und das zweite ist unterwegs. Ist sie nicht toll!?
Ihr erstes Kind hat eine dunkle Haut – sein Vater, von dem sie getrennt lebt, ist Schwarzafrikaner. Sein jetziger Papa (der Freund meiner Tochter) nennt sich selber „Kölsch - Türke“.
Zum Freund eine kleine Anekdote: Unsere Enkelkinder dürfen zum Sinterklaasfest – später mehr dazu – ihre Wünsche in Form einer Wunschliste äußern; per SMS fragte ich meine Tochter, was ihr Kind sich wünscht.

Zurück kam: „Mein Freund sagt, dass mein Kind sich für sich 500 € und für seinen Papa (ihn) 300 € wünscht!" Ich schrieb zurück: „Er soll dir erst mal ein Kind machen, dann sehen wir weiter!" Die beiden lachten sich kaputt über diese SMS, denn eine Minute vorher hatte sich bestätigt, das sie schwanger war! Oh, oh, das kann für mich teuer werden! Wir haben schon eine sehr interkulturell geprägte Familie: Unsere Schwiegertochter ist polnisch, ein Enkelkind hat afrikanische Wurzeln, es gibt einen türkisch – deutschen Fast- Schwiegersohn, deutsche Kinder und Enkelkinder und niederländisch - deutsche Großeltern. Langweilig wird es bei uns nie!

Meine Beziehung zu meiner ersten Tochter war von mir aus immer schon eine gute. Meine jetzige Frau sagte mal: „Sie kann dich so richtig um den Finger wickeln!" Das tat sie auch und ich fand es herrlich!

Wir hatten unter anderem die Regel, wer während der Sommermonate in den Garten und ins Schwimmbad will – es macht viel Arbeit, einen Swimmingpool sauber zu halten – muss mithelfen, beides ordentlich zu halten. Meine Tochter war mit dieser Regel nicht einverstanden und entschied sich, auch wenn die anderen Spaß beim Baden hatten, im Haus zu bleiben. Einen ganzen Sommer lang hat sie dies konsequent durchgezogen. Von wem hat sie das nur? Im Gegensatz zu meiner jüngsten Tochter, die sich immer sehr bemühen musste, hatte ich bei ihr von Anfang an den Eindruck, dass alles ihr zufiel.

Nur während des ersten Studienjahrs sagte sie: „ Papa, das ist das erste Mal, dass ich mich bemühen muss!" Sie wurde, was ich nicht ohne Stolz erzähle, Psychologin und arbeitet als solche an der Uni.

Ihr viertes Kind hat gerade das Licht der Welt erblickt. Sie und ihr Mann bleiben mit dieser Viererbande meistens ruhig und liebevoll. Da hätte ich manchmal bei meinen Kindern ein Stückchen mehr von abhaben mögen.

Nachdem die Entfremdung von meiner Frau begonnen hatte, war ich immer weniger zuhause und schließlich trennten wir uns. Eine Zeit lang wohnte ich allein und meine drei Kinder durften jedes zweite Wochenende bei mir sein.

Wer sucht wird finden
Erstmal nicht

Da ich jetzt wusste, was mir in einer Liebesbeziehung wichtig ist, dachte ich schlauer geworden zu sein. Mitnichten!

Nach einiger Zeit lernte ich meine zukünftige dritte Ehefrau kennen. Was ist das nun, dass ich ständig heiraten will? Mal sehen, ob Sie darauf eine Antwort bekommen.
Jedenfalls fing es gut an, das mit Haut und Haar....................
Es war wunderschön und auch die Kinder kamen gut mit ihr aus, vor allem meine Jüngste! Ich bestand darauf, dass jeder von uns für sich und die Kinder zusammen ein eigenes Zimmer mit Bett haben müssten. Folglich bezogen wir daraufhin eine über zwei Stockwerke angelegte große Wohnung in Köln Nippes.
Um zusammen zu sein, beschlossen wir, müssten wir uns jeweils ausdrücklich miteinander verabreden - spontane Verabredungen inbegriffen - ansonsten machte jeder, was und mit wem er/sie das wollte. Auch bei wem wir übernachteten wurde immer aktuell entschieden: „Gehen wir zu dir oder zu mir?".
Für mich standen alle Zeichen für eine dauerhafte Liebesbeziehung auf Grün und wir beschlossen, gemeinsame Kanuferien in Schweden – meist in der Einsamkeit und aufeinander angewiesen - zu riskieren!
Zweihundert Kilometer von Göteborg entfernt ging es zum "Vättern", einem der größten schwedischen Seen. Wir mieteten einen Kanadier – Kanu für zwei Personen – und paddelten über den Göta Kanal, den Fluss Göta Elf und durch dunkle Wälder mit immens großen Mückenschwärmen.
Das war Abenteuer!

Zu Anfang wurden wir darauf vorbereitet, dass die meisten Paddler diese Strecke bisher nicht geschafft hatten, weil - obwohl aus Alu - das Kanu gebrochen war.

Wir bekamen eine Telefonnummer, die wir nicht nur am Ende der Tour zwecks Abholung benutzen durften! Mit an Bord hatten wir einen Kanuwagen zum Umfahren der Wehre. Jedes Dorf, das etwas auf sich hielt, produzierte seinen Strombedarf mittels eines Wehrs selber. Wir schleppten dann das Kanu die Böschung hoch – anfänglich brauchten wir dafür mindestens eine halbe Stunde - stellten es auf den zweirädrigen Wagen und fuhren bis zum nächsten Einstieg. Dementsprechend kauften wir auch unsere Lebensmittel ein. Das Kanu stand dann auf dem Parkplatz des Supermarktes. Weiter waren im Kanu unser Zelt, Rucksäcke, Schlafsäcke, Kochgeschirr, Lebensmittel und nicht zuletzt ein zwanzig Liter fassender Wasserkanister verstaut.

In Schweden dürfen alle Menschen auf privatem Grundbesitz verweilen, solange sie sich angemessen benehmen und mindestens fünfhundert Meter von dem darauf stehenden Haus entfernt bleiben. Fragen soll man des Anstands wegen trotzdem! Da ich ja einigermaßen Schwedisch spreche und das die jeweiligen Besitzer begeisterte – ein Ausländer, der ihre Sprache spricht – konnten wir immer gerne auf deren Land campen. Die meisten brachten uns sogar Abendessen oder luden uns zum Duschen und zum Frühstück ein. Das war auf die Dauer gesehen für uns erheblich billiger als geplant. Der Lebensunterhalt dort ist sehr teuer und so war er preiswerter!

Fast aufgegeben hätten wir auf dem letzten Teil der Reise. Auf einer so großen Wasserfläche wie dem Vättersee fehlt fast jeder Anhaltspunkt für die eigene Geschwindigkeit sowie dafür, was tatsächlich festes Land ist. Es gibt dort viele Schilfinseln, die nur so aussehen.

Ein Kompass, den wir nicht dabeihatten, hätte uns im starken Dunst des Sees sicher gute Dienste geleistet. So mussten wir notgezwungen ohne Orientierung weiter paddeln, bis wir am Abend erschöpft und erleichtert das tatsächlich feste Ufer erreichten!

Außer, dass wir uns ein paar Mal vor allem auf dem See wegen der Frage "wie paddeln" in den Haaren gelegen hatten - ich wusste es natürlich besser – war das "Aufeinander - verlassen - Experiment" gelungen!

Kurz vor meinem Vierzigsten war ich dann endlich so weit, meine Kindheit abschließen zu wollen. Ich schrieb meiner Mutter einen Brief, in dem ich dies äußerte und keine Woche später ging das Telefon: „Met je Moeder!" Mein Herz sackte mir in die Hose und schlug wie wild in meinen Kopf hinein. „Ja" konnte ich nur herausbringen und sie erzählte, meinen Brief bekommen zu haben und dass sie mich zusammen mit meinem Vater besuchen kommen wolle.

Ich dachte: „Wenn ich bei denen bin, kann ich wenn nötig einfacher verschwinden, als wenn sie bei mir sind."

Da fand mein Mund seine Stimme wieder und schob einen Riegel davor, indem er sagte: „Ich komme erstmal mit meiner Freundin zu Euch, OK?". Das war den beiden recht, meinem Herz auch!

Eine Woche später fuhren wir nach Amsterdam, um unsere Aufwartung zu machen. Er, mein Vater, wartete oben an der Treppe auf uns. Hatte er früher nie getan, wenn geklingelt wurde, war es stets meine Mutter, die am Tau zog um die Außentür zu öffnen. Vielleicht war das sein Beschützerinstinkt oder was weiß ich, schließlich waren einundzwanzig Jahre ins Land gegangen. Wie dem auch sei, sie saß da und bekam einen Handschlag - den ich glücklicherweise auch zurückbekam – und fragte auf deutsch: „Wollt ihr Kaffee?" Natürlich wollten wir, was sonst!

Auf Nachfrage erzählte ich einiges davon, was im Laufe der Zeit passiert war und bekam auch einiges von den beiden zu hören. Als das Eis einigermaßen gebrochen war, sagte mein Vater, der Witzbold, dass sie schon befürchtet hätten, dass ich nun das Geld für alle Geschenke der letzten einundzwanzig Jahre einfordern würde. „Typisch Papa!"

Ein paar Stunden später fühlten wir uns alle besser und erleichtert und nicht ohne uns zum Gegenbesuch verabredet zu haben, fuhren wir gen Köln.
Regelmäßige Treffen waren von da an die Folge.
Später gab es die auch im Beisein von meinem Bruder samt Familie. Der beäugte mich argwöhnisch, nicht zuletzt, weil meine Eltern mich behandelten wie den „verlorenen Sohn aus dem Lukasevangelium". Kurze Zeit später waren dann meine Mutter und mein Bruder zerstritten!
"Es kann immer nur einen geben".

Mit zu der Zeit fünfundsiebzig Jahren stand mein Vater noch immer auf der Bühne. Nicht mehr so oft, aber er konnte es eben nicht lassen.
Artisten nennen solche unregelmäßigen Auftritte - wieder ein jüdisches Wort – "Schnabbeltjes". Regelmäßig werden bekannte Artisten zu "Taxi", einem bestimmten Fernsehformat mit folgendem Ablauf, eingeladen: Mein Vater wurde von einer Person angerufen, die ein "Schnabbeltje" für ihn hätte. Er würde, wenn er zustimmte, per Taxi dorthin gebracht – er hatte seinen Führerschein abgegeben - was auch passierte. Der Taxifahrer, ein Moderator des Fernsehens, quatschte mit ihm und stellte Fragen, wie Taxifahrer das eben so tun. Mein Vater - sehr offenherzig - beantwortete ihm auch sehr prekäre Fragen. Am Ende der Tour wurde mein Vater aufgeklärt und mit der ganzen Familie zur Liveshow, in der dieses Interview gezeigt werden sollte, eingeladen. Wir alle hin! Vater auf die Bühne, wir im Saal in der vordersten Reihe! Das Interview wurde gezeigt und der Saal wurde angeheizt. Dafür gibt es speziell ausgebildete Anheizer.

Die Leute schrieen: „Peppi, Peppi" und während dessen ging der Moderator herum und befragte die Leute über den tollen Peppi. Dann stand er vor mir. „Peppi, Peppi" rief das Publikum und er fragte mich in der Erwartung, dass ich Peppi sagen würde: "Wie nennst du deinen Vater?" Wahrheitsgemäß sagte ich: „Papa"! Es verschlug ihm die Sprache und der Saal brüllte vor Lachen. Auch das gibt es: Stevens Situationskomik!

Zum Begräbnis meines Vaters wurde in der Familie stillschweigend ein kurzer Waffenstillstand eingeläutet, wie würde das auch für die Artistenwelt aussehen, wenn einer von uns fehlte! Alle waren da, Fernsehen, Kollegen, hochrangige Personen, Familien, mehrere hundert Menschen.
Nach dem Zeremoniell standen wir, die Familie, aufgereiht da in Erwartung all der Hände, die kondolieren wollten.
Abends taten die genauso weh, die Hände, wie die geschwollenen Füße. Nun ja, so was hat man nicht jeden Tag!
Kurz danach war wieder Sense mit meinem Bruder.

Bis heute bleibe ich eher unbewusst – ich muss mich dafür nicht anstrengen - gefühlsmäßig auf Distanz zu meiner Mutter. Sie kann mich nicht mehr verletzen und probiert es auch nicht. Irgendwann sagte sie: „Ich weiß, dass du wenn ich etwas Falsches sage oder tue, weg bist!" Ich sagte: „Gut, dass du das weißt!" Es geht nichts über Klarheit!
Erst in den letzten Jahren hat meine Mutter wieder notgezwungen Kontakt auch mit meinem Bruder aufgenommen. Kurzzeitig schien sie im Sterben zu liegen und plötzlich und unerklärlich ging es ihr wieder besser. Wie gesagt: „Unkraut vergeht nicht!"

Alleine leben jedoch konnte sie von da an nicht mehr und mein Bruder fand eine "Aanleen Woning" - ähnlich wie betreutes Wohnen - in seiner Nähe, ca. fünfunddreißig Kilometer von Amsterdam entfernt.

Er kümmert sich um sie und ich bin ihm dafür sehr dankbar. Außer in Form von Geburtstagsgrüßen und zufälligen Treffen bei unserer Mutter habe ich aber keinen Kontakt mit ihm. Für mich ist er noch immer ein "fieser Möpp". Darf er auch sein!

Meine damalige Freundin erbte von ihrem Vater ein dreistöckiges Wohnhaus, von dem ein Teil durch Mieter genutzt wurde.

Zwei Stockwerke konnten wir bewohnen und selbstredend bekam jeder dort seinen eigenen Bereich. Nach einem Renovierungsjahr, in dem ich wahnsinnig viel im Haus selber getan hatte – Mauern einschlagen, aufbauen, Fugen fräsen, Elektrik legen und vieles mehr – zogen wir ein.

Meine Praxis konnte jetzt auf mehrere Räume ausgeweitet werden und ich bat einen mir zum Freund gewordenen Kollegen, die Praxis mit mir zusammen zu betreiben. Die Gemeinschaftspraxis begann ihren Dienst.

Ich heiratete, wie konnte es auch anders sein, meine Freundin. Hierzu ist noch zu bemerken, dass sowohl meine erste als auch meine zweite und meine dritte Frau nie den Namen Pennings trugen, sondern ihre Geburtsnamen behielten.

Zufall?

Schon immer liebte ich es, mit mehreren Menschen zusammen zu arbeiten und da mir klar war, dass ich nicht omnipotent war und das auch nicht werden wollte, stellten wir mehrere freie therapeutische MitarbeiterInnen ein. Einige Zeit später arbeiteten in unserer Praxis zehn TherapeutInnen aus mehreren Disziplinen: Gestalt-, Körper-, Kunst-, Verhaltens-, Gesprächs- und systemisch orientierter Therapie. Im Team besprachen wir, wer für welchen Klienten/Patienten die optimale Therapie bieten konnte, sowie zu welcher TherapeutIn der jeweilige Klient passte.

Während der Therapien konnten Patienten für eine zeitlang - zum Beispiel wenn es wichtig erschien, einen Zugang über den Körper zu finden - wechseln. Leider mussten wir dieses Modell wie auch die Gemeinschaftspraxis 1998 beim Eintreten des neuen Therapiegesetzes aufgeben.

Von da an durfte ich nach fünfzehn Jahren professioneller Arbeit mit Krankenkassenabrechnung dies nicht mehr so handhaben!

Ich verlor die Krankenkassen – Anerkennung wegen meiner Ausbildung - niedergelassen ist nicht gleich kassenanerkannt! Ich wollte keine Energie mehr investieren in einen jahrelangen Kampf vor Gerichten und da Paartherapie ohnehin nicht durch Kassen vergütet wird, führte ich meine Praxis von da an bis jetzt erfolgreich alleine weiter.

Finale
Kein Ende, sondern Anfang

Polygamie - fand ich heraus - war nicht die Lösung meiner Sehnsucht. Obwohl ich, auch als ich meine zukünftige vierte Frau traf, "lustig" und ohne ein Geheimnis daraus zu machen, damit weitermachte. Noch wichtiger als „mit Haut und Haaren" geliebt zu werden war mir die Akzeptanz meiner Persönlichkeit bzw. die des jeweiligen Zustands, in dem ich mich gerade befand. Eine verdammt schwere Aufgabe, die ich mir bezüglich meines Gegenübers auch selber umgekehrt stellen musste. So weit war ich aber zu der Zeit noch nicht!
Mit "Haut und Haar" geliebt zu werden, funktionierte bei meiner dritten Frau sehr gut und befriedigend.
Das bedingungslose Akzeptieren meiner Person ihrerseits und ihrer Person meinerseits nicht!

Meine Zukünftige kannte ich schon einige Zeit, bevor wir uns verliebten. Sie arbeitete als freie Mitarbeiterin in unserer Praxis und mehr, als dass ich sie als Kollegin toll fand, war anfangs nicht. Liebe auf den xxx. Blick, auch das war bei mir möglich, fand ich damals heraus. Als ihr Chef wusste ich schon einiges über ihren Werdegang, sie aber nur ganz wenig von meinem. Zu einem Abendessen in einem griechischen Restaurant – das wir zu diesem Termin, unserem Jahrestag, nach wie vor stets besuchen - erzählte ich erstmal Dinge über mich, die sie erstaunten, bis das Personal uns dezent deutlich machte, dies doch bitte irgendwo anders fortzusetzen. Selbstredend zahlte ich die Rechnung und wir verbrachten noch wunderbare Stunden zusammen.

Es war noch nicht viel Zeit ins Land gegangen, als meine Kinder auf dem Weg zum Flohmarkt wissen wollten, wie sie denn so ist bzw. aussieht. Ich sagte: „Sollen wir zu ihr fahren, dann könnt ihr euch selber eurer Bild machen!?" und die Kinder meinten: „Aber wir haben nichts, was wir ihr mitbringen können!"

Daraufhin suchten wir auf dem Flohmarkt nach einem geeigneten Mitbringsel. Ein Stoffelch – es war kurz vor Weihnachten - wurde auserkoren und so fuhren wir zu fünft meine "neue" Freundin besuchen. Als sie die Tür öffnete, sah sie erstmal drei Kinder und einen Elch, etwas verdeckt dahinter - erst auf den zweiten Blick erkennbar - stand ich. Alle waren voneinander freudig überrascht und mir fiel ein Stein vom Herzen! Später erzählte sie, als wir schon länger zusammen waren, was ihr dabei durch den Kopf gegangen war: „Wenn er schon mit seinen Kindern bei mir auftaucht, muss er es wohl ernst mit mir meinen." „Hätte auch anders ausgehen können", dachte ich. Mein Glück!

Selbstverständlich setzte ich meinen Kompagnon von meiner Beziehung zu unserer Mitarbeiterin in Kenntnis.

Er reagierte lapidar mit den Worten: „Da hast du mal endlich eine ausgesucht, die dir das Wasser reichen kann!" Stimmt, und durstig bin ich noch immer!

Wir, meine Freundin und ich, trafen uns - nicht nur bei der Arbeit - oft. Tagsüber gingen wir öfter am Rhein spazieren, abends taten wir andere Sachen ....

Anfangs sang ich ihr mein ganzes Repertoire an jüdischen und sonstigen Liedern vor, was sie – so war es auch gedacht – sehr beeindruckte! Später sollten wir uns wieder daran erinnern, warte Sie es ab!

Ich ging und gehe unheimlich gerne - Männer pflegen so etwas in der Regel nicht zu tun - mit ihr zusammen Klamotten einkaufen.

Während eines solchen Einkaufsbummels bekamen zwei ältere Frauen mit, wie ich meine Freundin beriet und auch Kleidung für sie aussuchte. Sie baten meine Freundin, mich zur Beratung ausleihen zu dürfen, sie stimmte zu und ich dachte: „Die hätte mich ja eigentlich fragen müssen, aber besser halte ich den Mund!" und spielte das Spiel mit, bis meine Freundin die Damen darum bat, mich wieder zurückhaben zu wollen! Hatte doch was an sich!
Bei einer ähnlichen Gelegenheit sah sie ein burgunderrotes Abendkleid mit Stola, wunderschön fand sie es. „Zieh es doch mal an, du musst es ja nicht kaufen" - sauteuer war es – ich war hin und weg, so sexy und doch elegant schaute sie in dem Kleid aus, und während sie andere Kleidung aus-, an- und wieder auszog, kaufte ich von ihr unbemerkt das rote Kleid! Beim Hinausgehen fragte sie mich, da ich eine dicke Plastiktüte trug, was ich denn für mich gekauft hätte, ich gab ihr die Tüte, den Rest können Sie sich denken...!

Zwei Jahre später zogen wir, jeder von uns und auch die Kinder sollten weiterhin sein bzw. ihr eigenes Reich haben, in ein großes Haus.
Gleichzeitig betrieb ich meine Praxis im Haus meiner noch immer dritten Ehefrau weiter und auch wenn die Praxis sich jetzt inzwischen vor den Toren Kölns befindet, haben wir nach wie vor ein freundschaftliches Verhältnis.

Es gibt Menschen, die sich fast ausschließlich über Arbeit definieren und Wert darauf legen, nur etwas zu machen, was sinnvoll ist. Ferien gehören nicht dazu! Meine neue Liebste stammt aus einer Bäckerfamilie mit dem Credo „Arbeite, bis du nicht mehr kannst, ruhe nur kurz aus, die Brötchen backen sich nicht von alleine!"

Zum hundertjährigen Jubiläum der Bäckerei wurden mehrere hundert Gäste, die ein- und ausgingen, bis tief in die Nacht hinein bewirtet. Dort, wo normalerweise für mehrere Filialen Brot und andere Backwaren hergestellt werden, bediente ich stundenlang die Gratulanten, scheinbar zur Zufriedenheit meine Schwiegereltern in spe: „Der kann arbeiten!" und schon gehörte ich ein Stückchen mehr zur Familie. Später würde meine Schwiegermutter öfter „Du bist mein liebster Schwiegersohn!" sagen; tatsächlich bin ich der einzige, Humor hat diese Frau! Eigentlich sollte ich sagen: „Und ihr seid meine zweite Familie!"

Mit viel gutem Zureden konnte ich meine Freundin damals zu einem einwöchigen Türkeiurlaub bewegen, den sie mit einem schlechten Gewissen – „nutzloses Zeug", O-Ton der Eltern – antrat. Einen Tag später erwischte etwas Verdorbenes im Essen meine Verdauung und der schlimmste Durchfall mit Fieber meines Lebens nahm sprichwörtlich seinen Lauf! Meine Freundin stellte sich als erstklassige Krankenschwester heraus und pflegte mich einige Tage; Hintern abputzen, waschen und wieder Hintern abputzen, Scheißjob!

„Das muss Liebe sein!" sagte ich zu ihr und liebte sie selbst noch mehr als vorher …

und schon waren wir wieder zuhause!

Meine bis dahin noch immer Freundin machte mir Jahre später überraschenderweise einen Verlobungsantrag und zwar im schon erwähnten roten Kleid. Ich wusste noch von nichts, als sie mich abends wie zuvor verabredet abholen wollte, um irgendetwas zusammen zu machen. Da ich ungeplant noch arbeitete - ich konnte meinen Klienten nicht abbestellen - wartete sie in ihrem roten Abendkleid vergebens auf mich! Am Rhein hatte sie ein Restaurant gebucht und hatte vor, mir am Rande des Flusses den Antrag zu machen – das fiel dann ins Wasser. Als ich endlich fertig war mit der Arbeit und zu ihr kam – es war Sommer - war es schon dunkel und sie schon ziemlich genervt. Trotzdem war ich tief beeindruckt davon, wie sie diese Situation meisterte und nicht zuletzt von ihr selbst in diesem roten Kleid!

Auf ihren Antrag später am Abend antwortete ich, Sie kennen mich mittlerweile, mit JA!

Einige Zeit später - ich hatte unser Wohnzimmer mit Rosenblättern bestreut - setzte ich sie in der Mitte des Raumes auf einen Stuhl, was sie freiwillig mitmachte, und auf einem Knie kniend machte ich ihr einen Heiratsantrag, den sie mit einer kleinen Ergänzung bejahte: „Aber nur, wenn du monogam mit mir leben möchtest!"

Dem konnte ich aus vollem Herzen zustimmen, alles andere hatte ich ja schon gelebt und wir lebten schon - teilweise mit meinen Kindern - einige Jahre zusammen!

Ungefährlich?! Alles andere als das!

Wir heirateten in Kerkrade in den Niederlanden nach niederländischem Recht mit Ehevertrag.
Beide wollten wir nicht erst klare Verhältnisse im Fall einer Trennung schaffen, zum Streiten reichen da schon die unklaren Gefühlszustände. Sie bekam nach deutschem Recht – das niederländische wurde nicht anerkannt – meinen Familiennamen. In den Niederlanden wird sie dagegen noch immer mit ihrem Geburtsnamen geführt. Erfreulicherweise hat sie den Namen Pennings nicht nur äußerlich, sondern auch innerlich angenommen.

Kirchlich auf ausdrücklichen Wunsch meiner Frau - für mich war das erstmal nicht so wichtig - heirateten wir eine Woche früher als geplant in der Kirche ihrer Heimatstadt: Alle unsere Freunde aus Köln und sonstwo her, meine Familie aus Amsterdam und nicht zuletzt unsere Kinder mussten irgendwo unterkommen. Alle Hotels in der Umgebung, das sind nicht so viele, waren in der geplanter Woche ausgebucht. Eine Woche früher jedoch nicht!

Nachdem wir alle Einladungskarten umgeschrieben hatten, bekamen unsere Lieben diese postalisch zugestellt und die Hochzeit konnte stattfinden! Erst als dieser wunderschöne Tag vorüber war, wusste ich, wie teuer sie gewesen war. Heimlich freute ich mich darüber, ein Mädchen vom Dorf geheiratet zu haben: Tradition - die Eltern der Braut zahlen - hat was für sich! Und ich, ich fühlte mich zum ersten Mal in meinem Leben richtig verheiratet.
Komisches Gefühl!

Auch wenn ich eigentlich schon genug Kinder hatte, wollten meine Frau und ich auch gemeinsame Kinder haben. Ich ließ meine Vasektomie wieder rückgängig machen. Bei Männern im Gegensatz zu Frauen ist dies mit unserer fortgeschrittenen Medizin möglich! Alles war wieder beim Alten! Trotzdem sollte es nicht so sein. Nach vielem Probieren und Nachhelfen sowie einem dementsprechenden Trauerprozess vor allem meiner Frau kapitulierten wir vor der Natur!

Weihnachten konnte und kann bei uns nie stressig werden. Wir feiern es einfach nicht! Komische Menschen, vielleicht? Wir feiern stattdessen Sinterklaas, nach niederländischem Brauch am 5. statt am 6. Dezember!
Wie Heiligabend feiern wir am Tag vor dem Sinterklaas Päckchenabend!
Erst kochen und essen wir miteinander, ausgiebig natürlich, und nachdem danach alles weggeräumt wurde, fängt die Bescherung an.
Um sein Geschenk zu bekommen, muss man erst ein Rätsel oder eine Aufgabe, die selbstverständlich auf den Beschenkten und den Inhalt des Päckchens bezogen ist, lösen.
Alle Beteiligten beschäftigen sich damit und geben eventuell Hilfestellung; zwischendurch wird gespielt. Als die Kinder im Lauf der Zeit erwachsen wurden, brauchten wir immer mehr Zeit, um alle Päckchen gebührend zu erraten.

Die Rätsel, die wir uns gegenseitig aufgaben, wurden immer spaßiger und anspruchsvoller, den Rest tat zur fortgeschrittenen Stunde der Alkohol. Meistens, da immer amüsanter, hielten wir durch, bis meine Frau um drei Uhr morgens das Ende einläutete mit dem Satz: „Ich will kein Geschenk mehr, ich will ins Bett!"

Heute - mit der Schar von Enkelkindern - fangen wir schon am frühen Nachmittag mit der Bescherung an. Bevor diese vonstatten gehen kann, muss erst der Sinterklaas, der die Päckchen bringt, kommen! Dafür habe ich mir ein prächtiges Sinterklaaskostüm gekauft – was sich im Laufe der Jahre bezahlt gemacht hat – mit allen Attributen, die eine ordentliche Bischofskleidung verlangt, zusätzlich eine weiße Perücke mit Bart.

Die vergangenen Jahre liefen wie folgt ab:
Sinterklaas klingelte ordnungsgemäß an der Haustür und die Kinder, als sie etwas älter waren, stürmten zur Tür, um alle der erste zu sein, der dem Sinterklaas Einlass gewährte.
Mit meinem Jutesack gefüllt mit Päckchen trat ich ein und setze mich auf einen speziell für mich bereitgestellten Sessel. Die Kids gaben ihre schönsten Sinterklaas Lieder und manchmal auch Gedichte zum besten und ich las aus dem goldenen Sinterklaas Buch – damit jedes Kind eine persönliche Beziehung mit dem Sinterklaas hat - ihre schönsten Taten und Ereignisse des vergangenen Jahres vor. Sicherlich wunderten sich die Kinder stets darüber, dass Opa immer erst nachhause kam, wenn Sinterklaas gegangen war. Auf Nachfrage wurde erzählt, dass Opa arbeitete oder noch einkaufen musste. So gewöhnten sie sich daran, dass Opa immer erst zurückkam, wenn Sinterklaas weg war, bis die älteste der Enkel zu mir sagte: „Opa, ich glaube, dass du der Sinterklaas bist, sage es den Anderen nicht, soll ja ein Geheimnis bleiben!"

Beim nächsten Mal sagte meine Frau zu mir, so dass die Enkel es hören konnten: „Du hast ganz vergessen, Kartoffeln und Bananen für das Abendessen zu kaufen!" Ich machte mich mit einem leeren Korb auf den Weg und war erst wieder mit vollem Korb zurück, als Sinterklaas gegangen war!

Die Älteste war richtig verwirrt – Opa konnte nicht gleichzeitig einkaufen und Sinterklaas sein – und der Zweifel, ob Opa und Sinterklaas ein und derselbe sei, tat sein Werk.

Mal schauen, wie lange ihr Zweifel standhält!

In den ersten Jahren nach unserem Umzug nach Hürth arbeiteten meine Frau und ich beide in der Einliegerwohnung unseres Hauses und hatten ein gemeinsames Büro. Irgendwann, da ich immer mehr Platz einnahm, klebte meine Frau mit Recht einen Kreppstreifen in der Mitte des Raums auf den Boden, über den ich nicht mehr hinauskommen durfte! Viel zu klein war unser Haus für zwei Praxen.

Sie arbeitete mit Kindern und Jugendlichen und brauchte viel Platz, und ich, der mit Erwachsenen und Gruppen arbeitete, ebenso! Da kam der Neubau eines Mehrfamilienhauses schräg gegenüber uns sehr entgegen! Wir bzw. die Bank kauften dort eine Eigentumswohnung mit dem Recht, dort eine Praxis betreiben zu dürfen und schon waren das Platzproblem und unsere unterschiedliche Vereinnahmung des Raumes Geschichte!

Wir machten und machen viel jeder für sich selbst - eigene Freunde, Interessen etc. - und viel zusammen.

Heraus ragt für mich und meine Frau unser gemeinsames Hobby, dabei kommt noch einmal das schon berühmte rote Kleid ins Spiel:

„Es passt mir noch", sagte meine Frau, als sie in ihrem roten Kleid mit etwas angestrengter Miene vor mir stand. Wir hatten gerade Kleiderprobe für unser kommendes Konzert, bei dem sie vom Balkon des Saales auf das Volk (Publikum) schauend "Don't cry for me, Argentina" singen sollte. Ich probte im Frack mit Knaufstock und sollte " Ich brech' die Herzen der stolzesten Frau'n" singen. Es gab natürlich noch eine Reihe anderer Performances von Gruppenmitgliedern. Genau, wir singen – erinnern Sie sich - in einem Chor!

Übrigens war der Auftritt nicht zuletzt wegen der hervorragend schönen Stimme meiner Frau ein Bombenerfolg!

Mit Ups und Downs ging und geht das Leben weiter, aber anders als vorher lernte ich zu akzeptieren, dass meine Frau für die Befriedigung meiner Bedürfnisse da ist, nicht um meine Bedürfnisse zu befriedigen! Ich weiß, das ist ein schwieriger Satz, vielleicht zum Nachdenken?!
Meine Arbeit mit Paaren erinnert mich ständig daran, dass das, was ich mit ihnen bearbeite, auch für mich gilt.

Ebenso wichtig war für mich die Erkenntnis, meine Frau nicht verstehen zu müssen. Menschen, die sich bemühen, das Verständnis des anderen zu bekommen, wollen meistens und eigentlich dessen Zustimmung haben. Das „Ich will dich doch verstehen" heißt dementsprechend oft, dass ich meine Zustimmung oder Ablehnung zu etwas geben können will. Es ist legitim, zu meinen, dass etwas meiner Zustimmung bedarf. Das muss jedoch nicht unter dem Mäntelchen des Verstehens verborgen werden!
Seit ich meine Frau nicht mehr verstehe und sie mich auch nicht, geht es uns erheblich besser. Wir haben das, was der andere für sich will oder nicht will, zu akzeptieren und tun das auch! Viele Jahre sind ins Land gegangen, bevor wir so weit waren. Jetzt - fünfundzwanzig Jahre später - bin ich trotz manchen Einknickens glücklich und zufrieden und werde von ihr noch immer so akzeptiert, wie ich ebenso bin!

Angenommen und angekommen!

Nachwort
Ein langes Leben

„Alt werden ist nichts für Feiglinge!", sagt mein Freund. Recht hat er! Es fällt mir nicht mehr so leicht, mit meinen Schmerzen umzugehen und damit ich nicht zu einem grantigen alten Mann werde, spiele ich oft "gute Laune", das hilft ungemein. Ich bilde mir ein: „Meine Schmerzen sind mein Glück. Ohne sie würde ich nicht ständig ans Sterben erinnert bzw. daran, wie toll das Leben ist!"

Dieses Glück erlebe ich jeden Tag aufs Neue: Meine Frau zu sehen beim Aufwachen; meine eigene Familie, Kinder und Enkelkinder um mich haben zu können, die Freude an deren Aufwachsen zu empfinden und das noch viele Jahre vor mir zu haben.

Mehr als das braucht "dieses eine Leben" nicht!

Veröffentlichungen:

Ein Fisch braucht Wasser
Wie man Kinder vom Haken Lässt

Verlag Westfälische Reihe, Münster

ISBN:
Paperback: 978-3-95627-071-0
e-book: 978-3-923884-06-3
AppleBooks:
Deutsch   978-3-923884-01-8
Englisch 978-3-923884-02-5

Verlag und Druck: tredition GmbH, Halenreie 40-44,
22359 Hamburg:

Kopf verlieren
Liebesgedichte
- mit und ohne Kopf -

ISBN:
Paperback:978-3-347-15895-5
Hardcover:978-3-347-15896-2
e-Book: 978-3-347-15897-9

Wer gewinnt heute?
Paare ringen um Gleichwertigkeit
ISBN:
Paperback:978-3-347-15833-7
Hardcover:978-3-347-15834-4
e-Book: 978-3-347-15835-1

Über mich:

Der Liebe wegen wohne ich seit 1979 in
Deutschland.

Wir haben drei erwachsene Kinder,
sowie sieben Enkelkinder.

Die 27 Jahre davor lebte ich in Amsterdam,
wo ich auch 1952 geboren bin.

In Hürth arbeite ich in meiner eigenen Praxis als
Psychotherapeut, Supervisor und interkultureller
Trainer und tue das, was ich am besten kann,
was mir am meisten Spaß macht und womit ich auch
noch Geld verdiene!

Meine Freunde bekommen und bekamen von mir, wenn die Gelegenheit reif dafür war, immer wieder einen Schwank aus meinem Leben zu hören. Oft bekam ich außer fasziniertem Zuhören das Feedback: „Wann und wie hast du das alles gemacht, wieviel Leben hast du?" Gute Frage!

Geschichten, die kurzzeitig hintereinander erzählt werden, bieten keine gefühlsmäßige zeitliche Orientierung – zwanzig Jahre verfliegen in einer halben Stunde. Buchstaben und Wörter in Sätzen schaffen dies eher! Deswegen dieses Buch in der Hoffnung, dass sogar Menschen von meiner Geschichte fasziniert sein werden, die ich gar nicht kenne. Sie mich dann schon, wenigstens ein bisschen!

Zeitfracht Medien GmbH
Ferdinand-Jühlke-Straße 7
99095 Erfurt, Deutschland
produktsicherheit@kolibri360.de